모든 세계가 하나였다

차례

0. 프롤로그 ___ 7
1. 메타픽션은 안 됩니다 ___ 12
2. 그것이 에세이와 자전소설의 차이점이기도 하다 ___ 22
3. 일상 미스터리 장르에 나올 법한 이야기 ___ 34
4. '소설가 박대겸 3부작'을 집필하고 있을지도 모르고 ___ 46
5. 갭모에라도 느낄 수 있으면 좋았겠건만 ___ 60
6. 나중에 소설 쓸 때 써먹으면 좋겠다 ___ 72
7. 나는 탐정이다 ___ 85
8. 꿈만 같은 시간이 ___ 96
9. 데이트였네, 데이트였어 ___ 107
10. 다리에 힘이 풀려 주저앉고 말았다 ___ 118
11. 어떻게 사건을 해결해야 한다는 말인가 ___ 128
12. 이 지옥 같은 상황에서 살아남아 ___ 140
13. 작가 후기를 겸해서 ___ 158

추천의 글 ___ 172

0. 프롤로그

 어디서부터 잘못된 걸까. 몇 년 만에 다시 서울에 올라와서 살기 시작했을 때부터? 아니면 기왕 상경하기로 마음먹었으면 혼자 힘으로 살 생각을 해야지 하필 마침맞게 제안해 온 에른스트의 호의를 넙죽 받아들여 함께 살기 시작했을 때부터?

 도대체 뭐가 어디서부터 잘못된 걸까. 뭐가 어디서부터 잘못됐기에 밤 12시가 넘어 집에 들어오자마자 죽은 듯 쓰러져 있는 사람의 뒷모습을 보고 있는 것일까.

 잠시 가만히 서 있자 현관의 전등이 자동으로 꺼졌다. 박대겸은 한 손을 올려 전등 아래쪽에서 흔들었고, 곧바로 불이 다시 켜졌다.

이 사람은 도대체 누구일까. 어떻게 집 안으로 들어올 수 있었을까.

일단 머리 모양을 봐서 에른스트는 아니다. 에른스트는 어깨 아래까지 내려가는 장발을 선호했으니까. 나를 놀래키려 내 머리 모양에 맞춰 머리카락까지 자르고 내가 비밀번호를 누르고 들어오는 타이밍에 맞춰 현관 앞에 쓰러져 있지는 않을 것이다. 설마 그럴 리가. 요 며칠 일이 많아서 매일 밤늦게까지 일하는 통에 피곤에 찌들어 사는 와중에 이런 장난을 칠 여유는 없을 것이다. 고작 나를 놀라게 하려고 이렇게까지 공을 들인다고? 게다가 복장도 평소와는 다르다. 검은색 계열의 타이트한 옷을 즐겨 입는 에른스트가 이렇게 눈에 잘 띄는 노란색 티셔츠에 카키색 면바지를 입을 리가 없지. 이런 복장이라면 차라리 내가 입는 옷이라고 하는 편이 맞을 것이다.

그럼 도대체 누구일까. 설마 내가 집을 잘못 들어온 건 아니겠지.

박대겸은 고개를 들어 거실을 살펴보았다. 거실 가운데 있는 직사각형 목재 테이블과 의자 두 개, 벽에 걸린 동그랗고 하얀 시계, 그 앞에 갓이 씌워진 키가 큰 전등이 눈에 들어왔다. 무엇보다 거실 벽면 가운데, 보통은 TV를 놔두는 곳에, 둥글고 길쭉한 검정 제플린 스피커가 2단 책장 상단에서 어두운 밤하늘에 떠 있는 듯 자리하고 있었다.

박대겸은 확신했다. 여긴 내가 사는 집이 맞아. 에른스트와 함께 거주하는 공간이 맞아. 다른 집이었으면 애초에 여섯 자리 비밀번호를 틀리지 않고 들어왔을 리 없을 거야.

그럼 눈앞에 쓰러져 있는 이 사람은 누구란 말인가.

모르겠다, 모르겠어. 일단 경찰에 신고를 하자.

박대겸은 그렇게 생각하고 바지 주머니에서 핸드폰을 꺼냈다.

잠깐, 112에 먼저 신고를 해야 하나 아니면 119에 먼저 신고를 해야 하나. 바닥에 쓰러져 있긴 하지만 아직 목숨이 붙어 있을지도 모르잖아. 그러면 119에 신고하는 편이 낫지 않을까. 하지만 도저히 저 사람 목에 손가락을 대고 아직 숨이 붙어 있는지 아닌지 확인해볼 용기가 나지 않는다.

진짜 이게 무슨 일이야. 이 사람은 누군데 여기에 쓰러져 있는 건가.

속으로만 생각한 줄 알았는데 무심코 입 밖으로 말을 내뱉은 걸까. 박대겸은 자신의 의문에 대답하듯 에른스트의 침실에서 들려온 인기척 탓에 그렇게 생각할 수밖에 없었다.

누가 있나?

설마 이 사람을 이렇게 만든 또 다른 사람이 집 안에 숨어 있었던 건가.

아니지, 상식적으로 생각하면 에른스트가 자신의 침실에 있다고 생각하는 편이 맞겠지.

그렇지만 생각과 다르게 박대겸은 본능적으로 오른손을 뒤로 뻗어 현관문 손잡이를 잡았다. 침실 밖으로 나오는 사람의 신원을 확인한 뒤 여차하면 곧장 집 밖으로 달려 나갈 자세를 취했던 것이다.

침실에서 누군가 움직이는 소리가 들렸다. 인기척은 침실 문 쪽으로 다가왔고, 박대겸의 가슴은 쿵쾅거렸다. 침실 문이 열리려는 순간, 현관의 전등이 자동으로 꺼졌다.

안 돼, 왜 이런 순간에 갑자기 불이 꺼지고 난리야!

다급하게 오른손을 들어 허공에 휘휘 저었다. 센서가 움직임을 인식하지 못했는지 곧바로 불이 켜지지 않았고, 침실 문이 열리면서 사람 형태의 누군가가 나타났다.

빨리 켜지라고. 불아, 빨리 켜져라!

다급하게 오른손을 허공에 휘둘렀고, 마침내 불이 켜졌다. 시야에 들어온 건 에른스트였다. 에른스트는 박대겸을 확인하더니 아, 하고 한숨인 듯 아닌 듯 한 소리를 냈다.

박대겸은 에른스트의 방에서 나온 사람이 에른스트라는 당연한 사실에 안도하며, 그와 눈을 마주쳤다가 시선을 아래로 내렸다가 다시 그를 향해 옮겼다. 에른스트는 바닥에 쓰러져 있는 사람을 봤다가 다시 박대겸을 보며 이렇게 말했다.

"이 세계까지 왔나 보네."

이 세계까지 왔다? 박대겸은 에른스트가 뱉은 말이 어떤 의미인지 생각하려 했으나 머리가 제대로 돌아가지 않았다.

"그게 무슨 말이야?"

"말 그대로의 의미지. 이 세계까지 왔나 보다."

박대겸은 고개를 갸웃거리다 무언가 알아챘다는 듯 가까이 다가온 에른스트에게 물었다.

"여기 쓰러져 있는 사람, 혹시 아는 사람이야?"

"당연히 알지."

"누군데?"

그러자 에른스트는 일말의 주저 없이 바닥에 엎드린 자세로 쓰러져 있는 사람을 낑낑거리며 돌려 눕혔다.

"자, 이제 누군지 알아보겠지?"

낯익은 얼굴에 낯익은 복장.

바닥에 쓰러져 있던 사람은 다름 아닌 박대겸 자기 자신이었다.

1. 메타픽션은 안 됩니다

  단편소설을 공모전에 처음 투고한 게 언제였는지 이제는 기억도 잘 나지 않는다.
  한 20년쯤 전?
  언제부터 글을 쓰기 시작했는지가 그리 중요한 일은 아닐 것이다.
  어쨌거나 그즈음부터 조금씩이나마 꾸준히 글을 썼다. 모 문학상 수필 부분에 투고한 자전소설이 당선돼 문학상을 받기도 했지만 그 외에는 전부 낙방했다.
  한 50번 정도?
  지금 돌이켜보면 그렇게 많은 횟수는 아닌데 당시엔 입에 욕을 달고 살았다. 온 세상이 내가 소설가가 되는 것을 막으려고 작심한 것처럼 느껴졌다. 당시 즐겨 보던 만화 〈데스노트〉에서 영감을 받아 나만의 '데스노트'를 만들어 투고한 공모전의 심사위원들 이름을 적어두기도 했다.

새빨간색으로.

물론 만화 같은 일은 일어나지 않았다.

자주 이사를 다니는 통에 나만의 '데스노트'는 어느 틈에 사라지고 말았다. 부디 재활용되어 다음에는 좋은 주인 만나길…….

애초에 글로 풀어내야만 하는 나만의 절실한 주제가 있었던 것도 아니고 머릿속에서 이야기가 무궁무진하게 흘러넘쳤던 것도 아니다. 소설 쓰는 일에 소명의식을 느낀 적도 없고 소설가를 천직이라고 생각한 적도 없다.

그렇다고 내 소설을 좋아해준 친구가 있었던 것도 아니다. 외려 친구는 점점 줄어들었다.

그 많던 친구는 어디로 다 사라졌을까.

하려는 일이 자꾸 엎어지고 친구마저 줄어드는 상황이라면 현실을 직시할 법도 한데 별로 그럴 마음이 들지 않았다. 남들보다 잘하는 게 있지도 않았고 특별히 하고 싶은 일도 없었다.

그냥 계속 썼다.

고집하는 장르가 있었던 것도 아니기에 일반 문예 소설뿐 아니라 SF나 판타지, 미스터리 등도 즐겨 읽으며 다양한 장르를 시도했다.

2018년부터, 지금은 폐간된 『영향력』이라는 독립 문예지에 매호 글을 발표하기 시작했다. 지면을 기준으로 삼는다면 이때가 소설가로 데뷔한 시점이 될 것이다.

2019년엔 안전가옥에서 출간된 앤솔러지 『미세먼지』에 미스터리 소설을 수록했다. 상업지를 기준으로 둔다면 이때가 데뷔 시점일 것이다. 언제 데뷔했는지가 그리 중요한 일은 아니겠지만.

그 후 몇 년 동안 여러 가지 이유로 창작의 정체기가 있었지만 2023년 장편소설 『그해 여름 필립 로커웨이에게 일어난 소설 같은 일』의 출간을 시작으로, 2024년에 소설집 『픽션으로부터 멀리, 낮으로부터 더 멀리』, 장편소설 『부산 느와르 미스터리』가 출간됐다. 내년 2025년에는 중편소설 『이상한 나라의 소설가』와 장편소설 『외계인이 인류를 멸망시킨대』가 출간될 예정이다.

마지막 장편소설을 제외하면 전부 출판사에 직접 투고한 원고였고, 주목할 만한 문학상을 받은 적은 없다. 그럼에도 누군가 내 소설에 주목했고, 비평을 써주거나 같이 책 작업을 하자고 제안했다.

얼마 전, '데스노트'와 반대되는 의미의 '라이프노트'를 만들었다. 투고한 원고를 책으로 만들어준 편집자, 출판사 대표 등의 이름을 적기 위해서였다. 물론 새로운 작업을 제안해준 기획자나 편집자의 이름도 적었다. 내가 좋아하는 청록색 펜으로.

지금 쓰고 있는 원고도 새로운 책 작업의 일환으로 쓰고 있다.

처음에 기획자와 편집자들을 만나 자신들이 출간할 소설 시리즈의 메인 테마 두 가지가 '에세이'와 '픽션'이란 이야기를 들었을 때만 해도 그저 재밌겠다는 식으로 반응했을 뿐이다. 당시 흥미롭게 읽고 있던 도스토옙스키의 스타일과 곤 사토시의 애니메이션 〈파프리카〉의 환상적인 이미지를 차용해서 쓰면 재밌을 것 같았다. 내 이야기를 들은 기획자와 편집자들도 어떤 이야기가 될지 기대된다고 했다.

그 후 몇 달이 흘렀고, 보다시피 일단 이 원고에 도스토옙스키의 스타일은 없다. 마치 처음 쓰고 있는 것처럼 쓰고 있지만 벌써 원고를 두 번이나 엎었다. 다른 작가들에게는 종종 있는 일인지 모르겠지만 나로선 처음 겪는 일이었다. 몇 날 며칠 작성한 원고를 엎어버리다니.

여러 가지 이유가 복합적으로 작용했지만 그중 하나는 소설가 정연금에게 들은 이야기 때문이었다.

정연금과는 8년쯤 전 그가 진행한 '독서와 창작'이라는 사설 강의에서 처음 만났다. 수업 첫날, 정연금은 자신의 이름에 대해 말하며 연금 받듯 매달 꼬박꼬박 월급 받는 생활을 했으면 좋겠다는 부모님의 바람이 담겨 있다는 우스갯소리를 했다. 강의를 듣는 사람 대부분 매달 꼬박꼬박 월급 받는 직장인이었기에 아무도 웃지는 않았지만.

수업 시간에 많은 이야기를 들었지만 지금까지 기억에 남아 있는 건 독서의 중요성이다. 정연금이 수업에서 반복해서 했던 말은 언제나 쓰는 것보다 읽는 것이 중요하다는 내용이었다. 글이 안 써진다? 그럼 읽어라. 계속 읽어도 계속 안 써진다? 언젠가는 써질 테니 닥치는 대로 읽어라. 아니, 그냥 닥치고 읽어라. 많이 읽으면서 아주 조금씩 써라. 그렇게 쓰다 보면 결국 써진다. 쓰면서 읽고, 읽으면서 써라. 단, 언제나 읽기를 앞자리에 둬야 한다. 그런 내용이었다.

정연금은 SNS로 메시지를 보내 책 출간을 축하한다며 시간 괜찮으면 술이나 한잔 하자고 했다. 수업을 듣던 당시 SNS에서 서로 팔로우를 하고 소통하기도 했지만 그 이후 아무 교류도 없었기에 정연금이 나를 기억하고 있다는 사실이 꽤 놀라웠다. 첫 책이 나온 지 이미 1년 정도 지난 시점이긴 하지만.

지금까지 기억해줘서 고맙다는 말과 함께 언제든 괜찮

으니 편한 시간과 장소를 알려달라는 메시지를 보냈다. 그렇게 시간과 장소를 정하고 약 8년 만에 정연금을 다시 만났다. 수업을 듣던 당시만 해도 데뷔 5년 차 신인 소설가였는데 이제는 어엿한 중견 작가 느낌이 났다. 얼굴에 통통하게 살이 오른 것이다.

그날 우리는 온갖 이야기를 나눴는데 그때 나눈 대화 내용을 전부 여기에 옮길 필요는 없을 것이다. 다만 쓰고 있던 원고를 엎게 된 결정적인 대화 부분만은 옮겨두려고 한다. 정연금에겐 미리 허락을 받았다.

중견 작가 정연금은 이렇게 말했다.

"박대겸 선생, 메타픽션은 안 됩니다."

정연금은 나도 이제 소설가이니 선생이라고 부르겠다고 하며 이야기를 이어갔다. 테이블 가운데엔 치킨과 맥주가 있었고, 한쪽 구석엔 내가 건넨 『부산 느와르 미스터리』가 놓여 있었다. 갓 출간된 메타픽션이었다.

"개인적인 취향을 말하라고 하면, 그래요, 나는 메타픽션을 좋아합니다. 우리 같은 소설가 중에 메타픽션을 좋아하지 않는 사람이 얼마나 있을까요. 하지만 대다수의 독자는 다릅니다. 독자들은 메타픽션을 좋아하지 않습니다. 아니, 싫어해요. 메타픽션이 뭡니까. 요즘 메타버스니 메타인지니 하는 용어가 자주 사용되어 예전보다는 '메타'라는 개념에 대해 조금 더 익숙해졌는지도 모르겠습니다. 어쨌거나 메타픽션이란 간단히 말해 픽션에 대한 픽션, 즉 소설에 대한 소설이란 의미 아니겠습니까. 이야기 속의 이야기라는 구조를 빌려 올 수도 있겠고, 소설 속 인물이 자신의 세계가 허구라는 걸 깨닫는 방식으로 표현할 수도 있겠고, 아니면 3인칭으로 전개되는 이야기에 갑자기 작가의 목소리가 끼어들 수도 있겠죠. 다양한 방식으로 메타픽션을 쓸 수 있겠지만, 공통적으로는 픽션과 리얼리티와의 관계를 의심하게 만드는 작법이죠. 어차피 박대겸 선생도 다 아는 이야기겠지만."

나는 맥주를 홀짝이며 정연금이 하는 말에 귀를 기울였다. 처음 강연을 듣던 8년 전만 해도 이렇게까지 달변은 아니었는데 그 후 여러 차례 강의 경험을 통해 웅변 기술이 좋아진 것 같았다.

"문제는 메타픽션이 창작하는 사람에게나 흥미로운 창작 방식이라는 겁니다. 아까 독자들이 메타픽션을 싫어한다고 했나요? 실은 그 정도에서 그치지 않아요. 거기에 더해 독자들은 분노하기까지 합니다. 독자들은 자신이 읽고 있는 이야기 속에 푹 빠져들길 원하지, 이야기를 단절시켜 당신이 읽고 있는 이것은 픽션이다, 이것은 허구다, 자꾸 환기시키는 소설에는 분노하죠. 굳이 독자들의 분노를 사면서까지 소설을 쓸 이유가 있을까요? 박대겸 선생도 소설가로 살아남아야 하지 않겠습니까. 2쇄, 3쇄 찍어서 인지도를 키우고 고정 독자층을 넓혀야 하지 않겠습니까. 10쇄, 20쇄 찍어서 소설만 써서 먹고살 수 있는 소설가가 돼야 하지 않겠습니까. 단적으로 말해 메타픽션은 안 팔립니다. 국내 작품, 해외 작품을 불문하고 메타픽션 중에 잘 팔린 소설을 당장 한 권이라도 떠올릴 수 있나요?"

질문을 듣는 순간 영문학 수업 시간에 배운 존 파울즈의 『프랑스 중위의 여자』와 커트 보니것의 『제5도살장』이 떠올랐다. 둘 다 세계문학전집에 포함된 책이라 고정 독자층이 있겠지만 얼마나 잘 팔리는지는 알 수 없었다. 정연금은 내 머릿속을 들여다보기라도 한 듯 이렇게 말했다.

"물론 개중엔 세계문학전집에 포함돼 일정 정도 판매량을 확보한 작품도 있겠죠. 하지만 아주 예외적인 사례이고, 무엇보다 그들은 고전 아니겠습니까. 그러니까 죽은 작가들이란 말이죠. 하지만 우리는 살아 있는 작가입니다. 살아 있는 작가고 계속 살아가야 할 작가, 즉 젊은 작가라 이 말입니다."

정연금은 최근까지 소설 창작 강의만 세 군데 대학교에서 하는 바람에 수업 준비하느라 신작을 쓸 틈이 없어 방학이 되기만을 기다렸는데, 정작 방학이 되자 사설 기관에서 새롭게 개설한 강의를 두 개나 해야 해서 자신이 소설가인지 소설 강사인지 헷갈린다고 했다. 벌써 이런 생활이 3년 넘게 이어지고 있다는 말도 덧붙였다.

극소수의 작가를 제외하면 메타픽션이 안 팔리는 게 아니라 소설이라는 장르 자체가 안 팔리는 게 아닐까. 소설이 잘 팔린다면 굳이 창작 강의를 하지 않아도 될 테고, 이렇게 푸념을 늘어놓지 않아도 될 테니.

하지만 정연금은 이번엔 내 머릿속을 들여다보지 못했는지 다음의 말로 메타픽션에 대한 이야기를 매조지 했다.

"앞으로 박대겸 선생의 창작 생활에 메타픽션은 없다, 이렇게 생각하면 도움이 될 겁니다."

이튿날, 숙면을 취하고 약간의 숙취에 시달리며 노트북 앞에 앉아 까만 글자들이 나열된 모니터를 응시했다. 새로 쓰고 있는 소설이었다. 이야기가 분기되는 지점에 다다랐고, 메타픽션으로 쓰면 재밌겠다고 생각하고 있던 참이었다. 『부산 느와르 미스터리』에서 시도하긴 했지만 이런 스타일을 좋아하니까 한 번 더 반복하고 싶었던 것이다. 하지만 정연금의 말처럼 독자들을 분노하게 하면서까지 소설을 쓸 이유는 없지 않나, 하는 생각이 머릿속을 지배하고 있었고, 결국 원고를 엎은 것이다.

물론 아직 삭제하지는 않았다. 메타픽션을 피하면서 동시에 살릴 수 있는 방법을 목하 궁리하고 있는 중이다.

2. 그것이 에세이와 자전소설의 차이점이기도 하다

한 달쯤 뒤, 자신의 목숨이 위태로운 상황에 처하리라고 짐작도 하지 못한 소설가 박대겸은 아파트 밖에서 들려온 재활용 쓰레기 수거 차량 소리에 잠이 깨 인상을 찌푸리며 이렇게 중얼거렸다.

"아이고, 머리야. 아이고, 시끄러워라."

박대겸은 만 나이로 삼십대 중반을 넘어서면서부터 자신의 몸이 어딘가 심상치 않게 변했다는 사실을 깨달았다. 술을 마시고 일어난 다음 날 아침이면 여지없이 숙취에 시달리며 두통을 호소하게 된 것이다. 분명 마실 당시에는 적당히 알딸딸해서 기분 좋을 정도였지만, 잠자는 동안 몸에서 무슨 일이 일어나는지 아침만 되면 항상 머리가 지끈거렸다.

 이미 몇 년째 수차례 반복된 일이었음에도 인간은 어찌나 어리석은지, 아니 박대겸은 어찌나 어리석은지 술을 입에 댔다 하면 이튿날 숙취 따위는 나 몰라라 취기가 올라올 때까지 술을 들이켰다.

 근데 취해서 기분 좋으려고 술 마시는 것 아닌가. 안 그러면 술을 마실 이유가 없지. 박대겸은 그렇게 생각했다. 내가 이따위 숙취에 질쏘냐.

 자리에서 벌떡 일어나 매트리스와 이불을 갠 후 방 밖으로 나가 물을 한 컵 벌컥벌컥 마시고는 그제야 무언가 생각났다는 듯 조심스러운 발걸음으로 집 안 이곳저곳을 살펴보았다. 아무도 없었다.

 업무 때문에 늦을 것 같다더니 날이 밝도록 집에 안 들어오다니. 요즘 바쁘게 지내네, 에른스트. 하긴, 프리랜서인데 한가한 것보다는 바쁜 게 낫지.

 그렇게 생각하며 거실에 있는 테이블 의자에 앉아 팔꿈치를 테이블에 괴고 손으로 머리를 짚은 채 잠시 멍하게 있다가 이내 오늘 아침 자신을 숙취에 시달리게 한 간밤의 술자리를 떠올렸다. 새로운 소설을 계약하기 전, 인사도 나누고 기획에 대한 이야기도 나눌 겸 출판사 사람들과 만난 자리였다.

이번에 새롭게 계약한 소설은 원고지 400매 정도의 중편 분량으로 테마는 픽션과 에세이였다. 그러니까 픽션과 에세이라는 얼핏 상반돼 보이는 두 가지 카테고리에 포함될 만한 소설을 써내야 하는 것이었다. 그 이야기를 들었을 때 박대겸의 머릿속은 조금 복잡해졌다.

픽션이야 말 그대로 소설이고 허구니까 굳이 신경 쓰지 않아도 되겠지만, 뭐? 여기에 에세이를 더하라고? 소설을 작가가 직접 겪은 이야기라고 받아들이는 독자가 이토록 많은 우리나라에서 에세이 형식의 소설을 쓰라는 말인가? 설마 이 작자들이 지금 내 사생활을 드러내서 쓰라고 하는 소리는 아니겠지. 최근 몇 년 동안 걸핏하면 누군가의 삶이 도용됐다는 이야기가 SNS에서 화제가 되고 기사화되어 시끌시끌해지기 일쑤인데, 이런 나이브한 기획을 내밀며 하하호호 술이나 마시고 있다니 이 출판사 놈들…….

물론 교양 있고 매너 있는 사회생활을 해야 한다는 강박에 시달리는 박대겸은 속으로만 그렇게 생각했을 뿐 겉으로는 아주 유순한 말투로, 최근에 SNS에서 그런 문제들이 보이기도 하던데 에세이 형식의 소설을 써도 괜찮을까요, 하하하, 소설 속 인물을 실존 인물 박대겸이라 링크시켜 읽는 독자도 많을 텐데요, 호호호, 물론 픽션이 기본 바탕이니 허구로 받아들이기는 하겠지만…… 이라 웅얼거리듯 말을 이어나갔지만 박대겸의 유순한 말투는 10년 이상 문단 안팎을 종횡무진 한 그들의 귓등에도 닿을 리 없었다. 본격적으로 작품 활동을 다시 시작한 지 이제 고작 1년밖에 되지 않은 박대겸으로선 그들의 기획 제안에 감 놔라 배 놔라 할 짬밥이 되지 않았던 것이다. 무엇보다 같이 작업 해보자고 제안해 온 사람들에게 굳이 자신의 속마음을 있는 그대로 말해 그들의 인상을 찌푸리게 하고 싶지 않았다.

그래서 쉴 틈 없이 마셨다.

도대체 무슨 이야기를 나누느라 그렇게 깔깔대며 웃었던 걸까. 뭐가 그렇게 재밌었기에 터져 나오는 웃음을 참지 못한 채 술을 들이켰던 걸까.

박대겸은 간밤에 있었던 일을 되새겨보려 오른손으로 머리를 받쳤다가 왼손으로 머리를 받쳤다가 하며 머리를 좌우로 굴려보았지만 아직 알코올이 빠져나가지 않은 머릿속은 마비된 듯 더 이상 굴러가지 않았고, 어느 순간 까무룩, 저도 모르게 테이블에 엎드린 채 다시 잠들고 말았다.

삑 삑 삑 삑 삑 삑. 현관문 비밀번호 누르는 소리에 단숨에 잠이 깬 박대겸은 재빨리 고개를 들고 에른스트를 맞이할 준비를 했다. 그새 두어 시간이 흘러 현재 시각 오전 11시 반. 현관문이 열렸고, 마치 그것이 자신의 존재 이유라도 되는 듯한 장발을 휘날리며, 밤샘 업무로 피곤에 지친 에른스트가 나타났다.

"늦을 것 같다더니 빨리 왔네. 아직 해가 중천인데."
"잠깐 눈 붙였다가 다시 나가봐야 해."
"오늘 또 나간다고? 밥은?"
"나중에 일어나서 먹든지 해야지."

에른스트는 메고 있던 백팩을 자기 방에 내려놓고 곧장 화장실로 들어가더니 세수와 양치만 하고 나와 '나 잔다'라는 말을 남기고 자기 방으로 들어갔다.

고생이 많네. 얼마 전까지만 해도 일이 별로 없다고 다른 직종을 알아봐야 할지 어떨지 심각하게 고민하더니.

에른스트는 박대겸이 대학 시절 알고 지낸 친구였다. 에른스트는 직장 생활을 하다가 남들보다 몇 년 늦게 대학에 입학했으나 1년 만에 자퇴한 후 학교 근처에서 자그마한 독립 서점을 운영했는데, 박대겸이 사흘이 멀다 하고 그곳을 들락거리는 통에 둘은 친분을 쌓게 되었다. 그러다가 대학을 졸업한 박대겸이 일자리 문제로 서울로 올라오는 바람에 발길이 뜸하게 됐고, 연락도 뜸하게 됐고, 자연스레 둘 사이는 멀어졌다. 그로부터 몇 년이 흘러 박대겸이 다시 부산에서 지낸 시점엔 에른스트가 운영하는 서점은 이미 사라진 후. 그리고 다시 몇 년의 시간이 흘러 『그해 여름 필립 로커웨이에게 일어난 소설 같은 일』이 출간됐는데, 어떻게 알았는지 정말 오랜만에 에른스트가 메시지를 보내온 것이다.

―필립 로커웨이, 이 소설 네가 쓴 거 맞지? 서점에 갔다가 우연히 발견했어. 야, 책 출간 축하한다!

그 후 둘은 연락을 재개했고, 마침 서울권에 있는 출판사들과의 계약 및 책 출간 문제로 서울과 부산을 오가며, 출판사의 85퍼센트 이상이 서울과 경기도에 몰려 있는 이 빌어먹을 서울 중심 대한민국에서 신인 소설가로서 발돋움하며 살아가기 위해선 서울에서 살아야 하지 않을까, 하지만 도대체 누구 배를 불리고 있는지 알 수 없는 터무니없이 비싼 월세를 감당할 수 없었기에 서울에 살 엄두를 내지 못한 채 빌어먹을 빌어먹을 투덜거리기만 하던 박대겸은, 오랜만에 만나 술잔을 기울이던 에른스트가 문득 같이 살아보지 않겠냐는 말을 꺼냈을 때 일말의 주저함도 없이 그 제안을 넙죽 받아들였다.

숙취 해소를 위해 콩나물을 듬뿍 넣은 라면을 끓여 먹고 나서 소설을 읽던 중 잠시 졸았다가 눈을 뜬 박대겸의 맞은편엔 어느새 에른스트가 앉아 있었다.

"잘 거면 들어가서 자든지."

"너야말로 더 자야 하는 거 아니가. 아직 세 시간밖에 안 지났는데."

"잠이 안 오네."

"언제까지 나가야 하는데?"

"빠르면 빠를수록 좋겠지."

에른스트는 그렇게 말하고 크게 기지개를 켜더니 나도 라면이나 끓여 먹을까, 하고 혼잣말처럼 내뱉고 나서 나에게 물었다.

"어제 술자리는 어땠어? 좋았어?"

"여자들이랑 미팅한 것도 아니고 좋고 나쁘고 할 게 어딨겠노."

"그래도 미팅은 미팅이잖아."

"그렇다고 치자."

"어떤 소설 쓸지도 정했어?"

"픽션이랑 에세이를 테마로 써야 하는데, 어디서부터 어디까지 써야 할지 모르겠네. 아직 구체적으로 고민해보진 않았지만."

"재밌을 것 같은데?"

"그런가? 근데 에세이는 내 삶에 대해 어느 정도 노출해야 하잖아. 내 삶에 대해 쓰다 보면 이곳 이야기도 나올 수 있을 테고, 그러다 보면 네 이야기가 나올 수도 있을 텐데."

"나를 네 소설 소재로 쓰겠다는 말?"

"당장 쓰겠다는 건 아니고. 그럴 가능성이 있다는 말이지."

"근데 에세이 형식으로 픽션을 쓰라는 거지 자전소설을 쓰라는 말은 아니잖아."

"에세이라는 게 자전적인 요소가 많이 들어가는 장르잖아. 자기 경험이나 자기감정, 자기반성 같은 게 담겨 있으니까. 여행에서 일어난 일이나 그때 느꼈던 감정을 쓰면 여행 에세이가 되고, 독서 하고 나서 느낀 감상이나 떠오른 것들을 쓰면 독서 에세이가 되고."

"의외로 어디에나 다 갖다 붙일 수 있네?"

"그렇기도 하고, 내가 장르 구분을 엄격하게 하는 편이 아니기도 하고."

에른스트는 고개를 한쪽으로 기울인 채 무언가를 생각하는 듯하더니 잠시 후 입을 뗐다.

"난 딱히 상관없을 거 같은데?"

"뭐가?"

"네 소설에 내 이야기가 나와도."

"진짜? 그럼 네가 하는 일 그대로 써도 괜찮겠나?"

"내가 하는 일? 하하. 자, 네가 어떤 소설을 읽고 있다고 치자. 그 소설의 작중 화자가 친구랑 같이 사는데, 그 친구가 하는 일이 사설탐정이야. 그러면 이거 완전히 작가의 자전소설이잖아. 흥미롭네! 그런 생각이 들어?"

"그건 아니지. 그리고 난 기본적으로 작중 화자랑 실제 소설가를 일치시켜서 읽지는 않으니까."

"근데 방금 네가 자전소설이랑 에세이가 비슷하다고 했잖아. 그래서 장르 구분을 엄격하게 하기 어렵고. 에세이야말로 화자와 작가가 일치된 글의 형식 아니야?"

"자기 경험을 직접 반영한다는 의미에서 둘이 같다는 말이지. 네 말처럼 에세이는 화자와 작가가 일치하지만, 소설에선 이야기의 화자를 따로 가공해서 설정하니까 실제 작가의 목소리와는 다르지."

"그럼 넌 에세이 형식의 소설을 쓴다고 해도 실제 네 목소리를 그대로 쓰진 않겠다는 말이네?"

"당연하지. 안 그러면 그건 에세이 형식의 소설이 아니라 그냥 에세이니까."

에른스트는 그렇구나, 하고 혼잣말을 하더니 입을 다물었다. 무언가를 생각하는 듯 고개를 천천히 주억거리다가 잠시 후 다시 입을 뗐다.

"네가 무슨 말을 하려는지 이제 조금 이해가 가네. 에세이란 장르는 자기 경험을 바탕으로 작가가 자기 목소리를 직접 드러내는 문학 장르. 한편 에세이 형식으로 소설을 쓴다는 말은 자기 경험을 바탕으로 소설을 쓰되, 작가가 자기 목소리를 직접 드러내는 게 아니라 자기 목소리를 변형시킨 화자를 따로 설정해서 이야기를 이끌어가야 한다는 말. 그래서 결국 자전소설이나 마찬가지라는 의미이고, 그것이 에세이와 자전소설의 차이점이기도 하다. 내가 제대로 이해한 거 맞지?"

박대겸은 자신의 설명을 잘 이해한 학생을 바라보는 듯 뿌듯한 선생님의 표정으로 에른스트를 향해 고개를 끄덕였지만, 사실 대화하는 도중에 얼떨결에 도출된 이야기였다. 애초에 박대겸은 에세이와 자전소설의 공통점과 차이점에 대해 세세하게 생각해본 적이 없었다. 하지만 그런 박대겸의 사정 따위 알 턱이 없는 에른스트는 자기가 했던 말을 곱씹으며 고개를 몇 차례 끄덕이더니 다시 말을 이었다.

"아까 하려던 말을 계속해보자면, 소설에 탐정이라는 존재가 나오는 순간, 아무리 에세이처럼 써봤자 완전히 픽션이 된다는 말을 하고 싶었어. 한국에서 탐정이라는 직업은, 비유하자면 유니콘 같은 존재니까."

"탐정이 유니콘 같은 존재다? 오, 그러고 보니 그럴 수도 있겠다. 발상의 전환이네."

"다들 유니콘이 어떻게 생겼는지 대충은 알고 있지만 실제로 유니콘을 본 사람은 없어. 마찬가지로 다들 탐정이 어떤 일을 하는지 대충은 알고 있지만 실제로 탐정을 만난 사람은 거의 없지."

"그래서 네가 하는 일을 있는 그대로 써도 괜찮겠다고 했구나."

"그렇기도 하고, 넌 내가 탐정이라는 걸 알고 있긴 해도 구체적으로 어떤 일을 하는지는 모르니까."

"그건 네가 의뢰인 프라이버시라면서 말을 안 하니까 그렇지."

"이 직업에서 비밀 엄수는 필수니까."

"어찌나 직업윤리의식이 투철하신 분인지. 잠깐, 근데 탐정이 나오면 미스터리물을 써야 하잖아. 거기에 에세이적인 요소를 담아야 하고. 흠, 어쩌지……."

"네 창작물이니까 그건 네가 궁리할 문제. 그리고 이 집 계약이 올해 말까지라서, 계속 살 수도 있겠지만 아마 이사 갈 것 같고, 네가 쓸 그 소설이 출간될 즈음엔 아마 난 다른 곳에서 살고 있겠지. 그때 우리가 계속 같이 있을지 어떨지도 모르고."

"시간이 벌써 그렇게 지났나?"

"그러니까 지금 살고 있는 아파트나 우리 동네, 네가 좋아하는 우이천 묘사도 그대로 해도 괜찮겠네."

"좋아, 좋아. 예상도 못 했는데 좋은 아이디어를 얻었다. 그럼 나 지금 이 대화도 소설에 그대로 쓴다?"

"그러시든지. 대신 내 이름이나 디테일한 설정은 적당히 변형시키고."

"당연하지. 혹시 원하는 이름 있나?"

글쎄, 라고 말한 에른스트는 자리에서 일어나 작업실로 사용하는 방으로 들어가더니 잠시 후 이렇게 소리쳤다.

"에른스트!"

"뭐야, 그게?"

에른스트가 방에서 나왔다.

"네 소설 속 내 이름. 에른스트로 해달라고."

"한국 이름이 아니네?"

"독일 이름. 상관없지 않아? 『부산 느와르 미스터리』에도 외국 이름이랑 한국 이름 막 섞어서 썼으면서."

"오케이, 콜!"

에른스트는 잠시 후 모자를 눌러쓴 채 다시 사건 현장으로 나갔고, 그즈음 숙취가 사라진 박대겸은 아이패드의 집필 애플리케이션을 열어 소설을 쓰기 시작했다.

3. 일상 미스터리 장르에 나올 법한 이야기

　대겸은 내가 탐정이라는 사실만 알지 탐정으로서 구체적으로 어떤 일을 하는지는 모른다. 몇 차례 질문을 받기도 했지만 그때마다 클라이언트의 비밀을 보장해야 한다는 말로 얼버무렸다. 물론 새로운 일을 할 때마다 비밀 엄수 조약을 작성하긴 하지만 솔직히 말하면 그건 핑계에 불과하다.

　내가 담당한 일을 대겸에게 말하지 않는 이유는 대겸이 소설가이기 때문은 아니다. 대겸이 나에게 들은 일을 소설에 쓰든 말든 아무 상관이 없다. 정말 아무 상관없다.

　내가 하는 일에 대해 대겸에게 말할 수 없는 이유는, 대겸이 내가 하는 말을 정말로 믿을지도 모르기 때문이다. 대겸이 내가 한 말을 진심으로 믿는 순간, 나는 더 이상 지금 내가 하는 일을 할 수 없게 된다. 나에게 주어진 고유한 능력이 사라져버리기 때문이다. 그러므로 대겸뿐 아니라 그 누구에게도 내가 하는 일을, 내가 가진 능력을 말할 수 없다.

나는 탐정이다. 사건을 해결하고 범인을 찾는 존재. 진실을 추구한다는 점을 소설가와 탐정의 공통점으로 보는 사람도 있는 것 같지만 글쎄……. 소설가에 대해선 잘 모르겠지만 최소한 나는, 스스로 진실을 추구하는 존재라는 의식은 없다. 대겸이 쓴 소설을 읽어봤지만 대겸이 진실을 추구하는 부류의 소설가처럼 보이지도 않았다. 열 명의 소설가가 있다면 소설가로서의 존재 의의 역시 열 개쯤 있을 테고 탐정도 크게 다르지는 않을 것이다.

기본적으로 탐정은 외로운 존재다. 눈앞에 펼쳐진 사건을 그 누구와도 상의하지 못한 채 해결해야 한다. 각종 단서를 모아 오로지 자신만의 논리로 범인을 찾아내야 한다. 국가기관에 소속되어 함께 사건에 대해 논의할 수 있는 일반 형사들과는 다르다. 간혹 조수나 파트너와 함께 사건에 대해 의견을 주고받는 탐정들도 있긴 하지만 예외적인 경우고, 대부분의 탐정은 홀로 묵묵히 고민하고 숙고하여 마침내 하나의 결론에 다다른다. 그렇다. 결론에 다다른다는 감각이지, 진실을 추구한다는 감각은 아니다.

따지고 보면 인간이라는 종 자체가 외로운 존재라고 할 수도 있겠다. 하지만 인간에게는 자신의 속내를 털어놓을 수 있는 친구가 있고 애인이 있고 가족이 있다. 간혹 친구도 애인도 가족도 없는 사람들도 있지만, 그들 역시 처음 만난 누군가에게, 혹은 한 번 보고 앞으로 다시는 안 볼 누군가에게 자신의 속내를 털어놓을 때가 있다.

하지만 나는 그럴 수 없다. 앞서도 말했듯 누군가가 내가 한 말을 믿는 순간, 내가 가진 고유한 능력이 사라져버리기 때문이다.

벌써 수년 전, 부산에서 독립 서점을 운영하고 있던 시기였다. 일단 하고 싶은 것을 하자는 심정으로 서점을 개업하긴 했지만 지금 돌이켜보면 이십대에 저지를 수 있는 치기 중 하나였다는 생각이 든다. 어쨌거나 덕분에 좋은 친구들을 사귈 수 있었고, 대겸 역시 그중 하나다.

책이 잘 팔리지도 않는 서점을 4년 가까이 운영할 수 있었던 이유는 부업으로 탐정 일을 겸했기 때문이다. 물론 처음부터 명확하게 내가 하는 일을 탐정 일이라고 인식한 것은 아니다. 그런 쪽에 재능이 있다고 생각하지도 않았고, 그런 일을 하면서 돈을 벌 수 있다고는 더더욱 생각하지 못했다.

6월에 접어들며 빠르게 더워지던 즈음, 저녁에는 문을 열어두면 비교적 선선한 편이었지만 낮에는 에어컨을 틀어 둬야 할 무렵이었던 일이다.

일주일에 한두 번 정도 방문하는 단골 대학생 손님과 담소를 나누고 있었다. 학교나 서점에서 있었던 일을 이야기했다가 최근에 재밌게 본 영화나 드라마 이야기를 했다가 하던 중 대학생 손님이 문득 자기가 사는 아파트에 좀 이상한 사람이 있는 것 같다는 말을 꺼냈다.

"어떤 이상한 사람?"

"제가 지금 부모님과 함께 아파트에 살고 있거든요."

내용은 간단했다. 몇 달 전 발생한 모처의 아파트 화재 사건을 계기로 층간 연기 이동을 막기 위해 복도와 계단 사이에 있는 방화문을 닫아두자는 안내가 나왔고 시간이 지나면서 그것이 일상적인 일이 되었는데, 며칠 전부터 방화문이 늘 열려 있다는 것이었다.

"같은 층에 사는 누군가가 일부러 문을 열어두는 것 같아요. 다른 층은 문이 잘 닫혀 있거든요."

"그런 문은 아파트 현관문처럼 손을 떼면 저절로 닫히지 않나요?"

"맞아요. 현관문도 어차피 방화문이니까. 아무튼 그래서, 문이 저절로 닫히지 않게 하려고 바닥이랑 방화문 사이에 두꺼운 종이를 끼워서 문을 고정시켜두더라고요."

"그건 좀 이상하네요."

"그죠? 아파트 관리사무소 측에서 화재 대비해서 방화문을 닫아두라는 내용의 안내문을 만들어서 붙여두기도 했거든요. 엘리베이터에도 붙여두고 방화문에도 붙여두고."

"그럼에도 굳이 바닥에 종이를 끼워서 문을 열어두는 사람이 있다?"

"이전까지는 다들 잘 닫고 다녔는데 며칠 전부터 누군가 방화문을 열어두는 것 같아요. 왜 그럴까요?"

미스터리 소설을 즐겨 읽곤 하지만 소설 속에 제시된 단서들을 바탕으로 범인이나 트릭을 맞히려고 시도해본 적은 없다. 어차피 소설을 읽다 보면 사건이 언제 어떻게 벌어졌는지 알 수 있고 범인 또한 알 수 있으니까. 미스터리 소설을 읽는 이유는 사건 끝에 제시된 트릭이 얼마나 교묘한지, 반전이 얼마나 놀라운지 만끽하기 위해서니까.

하지만 당시 어떤 바람이 불었던 걸까. 일상 미스터리 장르에 나올 법한 이야기를 현실에서 듣게 되자 왠지 직접 문제를 해결하고 싶었다. 이건 소설 속 이야기가 아니라 내 주변에서 직접 일어난 일이다. 시간이 흐른다고 저절로 해결되는 문제가 아니다.

어째서 어떤 사람들은 하지 말라는 일을 하는 것일까.

저절로 닫히는 방화문을 굳이 종이까지 끼워가며 열어두는 것일까.

나는 처음 떠오른 생각을 말했다.

"혹시 최근에 이사 온 집 있어요? 물론 이사 오자마자 안내문 내용을 무시하긴 어렵겠지만."

"엄마한테 물어봤는데 같은 층에 새로 이사 온 집은 최근 몇 달 사이엔 없다고 하더라고요. 저도 본 적이 없고."

"그러면 기존에 살던 사람이 그러는 거네요. 이전까지는 방화문을 잘 닫고 다녔는데 최근 들어 왜 문을 열어두는 걸까. 심경에 변화라도 생겼나."

사건 현장에 직접 가지 않고 의뢰인과의 대화나 자료만으로 사건을 추리하는 안락 탐정이라면 모르겠지만, 나는 안락 탐정도 아니고, 앞서도 말했듯 당시엔 탐정 일을 하지 않았다. 스스로 탐정이라는 의식이 전혀 없던 시기였다.

손님이 서점을 나선 이후에도 왠지 모르게 이 사건이 마음속에 커다란 의문으로 자리 잡았고, 의문을 해결하고 싶은 마음이 점점 커진 나머지 결국 해가 지고 나서 손님에게 메시지를 보내기에 이르렀다. 주문한 책이 도착했다고 연락하기 위해 손님들의 연락처를 받아두긴 했지만 이렇게 사적으로 메시지를 보낸 건 처음이었다.

─안녕하세요. 우리들 책방이에요. 아까 말씀하신 방화

문 관련 이야기가 자꾸 머릿속에 맴돌아서 일이 손에 안 잡히네요.^^;; 혹시 실례가 안 된다면 지금 잠깐 아파트에 방문해도 괜찮을까요?

잠시 후 손님에게 웃는 이모지와 함께 괜찮다는 답장이 왔고, 나는 곧장 가겠다고 답한 후 서점 문을 닫고 메시지에 적힌 주소지로 향했다.

아파트 정문에 손님이 마중 나와 있었다. 간단히 인사를 주고받은 후 문제의 현장으로 발길을 옮겼다.

아파트가 다 거기서 거기지, 라고 생각할 수도 있겠지만 자세히 들여다보면 디테일하게 다른 점을 찾을 수 있다. 지은 지 30년 이상 된 것으로 보이는 이 아파트에도 특이한 점이 있었다. 특히 손님이 살고 있는 아파트 동이 그랬는데, 동네 하천이 내려다보이는 방향에 세 집이 나란히 있고, 그 뒤쪽 복도 맞은편에 집 하나가 있는 구조였다. 한 층을 잘라서 위에서 단면을 보면 'ㅓ'처럼 보일 수도 있을 것이다. 같은 아파트 단지의 바로 옆 동은 네 집을 나란히 하천 쪽에 면하게 짓고, 그 가운데 엘리베이터와 계단을 뒀는데, 이 동은 엘리베이터와 계단을 'ㅓ'의 왼쪽 아랫부분에 두었다.

나는 손님의 안내를 받아 도착한 층에서 아파트의 디테일한 구조를 확인할 수 있었다. 엘리베이터에서 내리자 정면에 있는 방화문과 오른쪽에 있는 방화문이 활짝 열려 있었다.

"봐요, 이렇게 종이상자 일부를 뜯어서 방화문을 고정시켜둔다니까요."

손님은 문틈에 고정된 종이를 가리키며 말했다.

오른쪽 방화문은 계단과 연결돼 있었다. 정면 방화문을 지나자 세 개의 집과 한 개의 집이 마주 보고 있는 복도가 있었다. 특이한 점은, 제법 커다란 창문이 세 개의 집 복도 쪽에 나 있다는 것이었다. 집마다 가림막 같은 걸 설치해두긴 했지만 집 안에 켜둔 불빛이 복도 쪽으로 새어 나오는 것까지 막을 수는 없었다.

나는 복도 끝까지 걸었고 특이 사항을 발견하지 못한 채 다시 엘리베이터 쪽으로 돌아가 계단 쪽을 살펴보았다. 계단에는 작은 창문이 있었다. 열린 창문 사이로 시원한 저녁 바람이 들어왔다.

내가 다 봤다고 생각했는지 손님은 먼저 엘리베이터 오른쪽 방화문 틈에 고정돼 있던 종이를 발끝으로 뺐다. 방화문이 닫히면서 쿵, 하는 소리가 꽤 크게 났다. 그러고 나서 엘리베이터 정면 방화문 틈에 고정돼 있던 종이도 빼냈다. 역시 쿵, 하는 소리를 내며 문이 닫혔.

"소리가 꽤 크네요." 내가 말했다.

"평소에는 조심해서 닫는 편인데, 지금은 일부러 문 열어둔 사람들이라고 그냥 닫히는 대로 내버려뒀더니." 손님이 살짝 변명하는 투로 말했다.

"그렇군요."

"더 보실래요?"

"괜찮을 것 같아요. 왠지 답을 알 것 같아서."

"정말요? 왜요?"

가장 마지막에 떠오른 답은 방화문이 닫히는 소리를 듣고 떠올렸다. 사람들이 매번 방화문을 조심해서 닫지는 않을 테고, 특히 바쁜 택배기사들은 문이 닫히는 대로 내버려둘 것이다. 그때마다 쿵 쿵, 큰 소리가 복도를 타고 울릴 테고, 복도 쪽에 난 창문을 열어두면 그 소음이 집 안으로 고스란히 들어갈 것이다. 소리에 예민한 사람이 있거나 아기를 키우는 집이 있으면 방화문 닫히는 소리가 여간 성가시지 않으리라.

"혹시 갓난아기 키우는 집 있나요?"

"아니, 없어요. 갓난아기를 본 적도 없고, 그 전에 임산부와 마주친 적도 없으니까."

나는 손님의 대답을 듣고 마지막에 떠오른 답을 머릿속에서 지웠다. 누군가가 방화문을 열어두기 시작한 건 며칠 전부터였다. 만약 그 소리가 성가셨다면 진작 방화문을 열어뒀을 것이다. 아기를 키우는 집도 없다. 그렇다면 처음 떠올린 답이 맞을 것이다.

손님과 함께 1층으로 내려오며 생각한 답을 말해줬고, 손님은 납득한다는 듯 고개를 크게 끄덕였다.

"그래서 며칠 전부터 방화문을 열어뒀군요."

"지금으로선 그게 가장 합리적인 추리 같아요. 방화문을 여는 사람과 직접 만나서 물어보면 정확하겠지만."

"우연히 마주친다고 해도 물어볼 수 있을지 어떨지……. 그나저나 진짜 여름이네요. 아직 아침저녁으로는 그나마 선선한 편이지만."

"그러게요. 올여름도 잘 이겨내야죠. 저녁 늦게 실례가 많았어요."

"저야말로 의문 해결해줘서 고마워요. 서점 일만 하시는 줄 알았더니 탐정 일도 하시는 분이었네요."

"아니에요, 탐정은 무슨. 그럼 조만간 또 서점에서 만나요."

"네. 조심해서 들어가세요."

집으로 돌아가는 발길이 가벼웠다.

내가 떠올린 추리는 간단했다. 복도 쪽으로 나 있는 방의 창문과 방화문 너머 계단 쪽에 있는 자그마한 창문을 전부 연결하면 그림이 그려진다. 즉, 복도 쪽 창문을 열고 방화문도 열고 건물 계단에 있는 창문까지 열어 집 안의 더운 공기를 순환시키고 싶었던 게 아닐까 하는 추리였다. 방화문을 닫으면 하천 쪽 창문을 열어둔다고 해도 공기 순환이 잘되지 않을 테니. 그것이 며칠 전부터 방화문을 열어두는 이유라고 생각했다. 요 며칠 사이 순식간에 더위가 찾아왔고, 그래서 며칠 전부터 방화문이 열려 있는 것이다. 만약 복도 쪽에 아파트 외부로 통하는 창문이 있었다면 굳이 방화문을 열지 않아도 됐을 것이다.

그러고 나서 며칠 뒤, 대학생 손님의 학교 동아리방에서 노트북 분실 사건이 일어났고, 손님이 동아리에 소속된 다른 학생들의 동의를 얻어 나에게 정중히 사건을 의뢰했다. 나는 의뢰를 받아들였고, 큰 어려움 없이 사건을 해결했다. 소소하지만 사례비도 받았다. 그 일을 계기로 학생들 사이에서 소문이 퍼져 다양한 사건 의뢰를 받게 되었다. 부업이라 생각하며 일을 시작했는데 어느 순간 서점 일보다 탐정 일을 통해 더 많은 수입이 생겼다.

소파에 앉아 과거의 일들을 회상하고 있는데 갑자기 대겸이 말을 걸었다.

"며칠 전까지만 해도 엄청 바쁜 것 같더니 이제 멍 때릴 여유가 생겼나 보네."

"옛날에 서점 운영할 때 생각 좀 했지."

"한가하구만. 그럼 내가 쓴 소설 잠깐 읽어봐줄래?"
"어떤 이야기인데?"
"이걸 뭐라고 하면 좋을지 모르겠네. 일단 자전적인 내용이 있고, 소설이니까 당연히 허구도 섞인 이야기인데, 아무튼 읽어보면 알 거야."

4. '소설가 박대겸 3부작'을 집필하고 있을지도 모르고

올해 여름 역시 작년만큼 덥다. 아니, 작년보다 더 더운 것 같다. 그리고 이런 이상기후는 내년에도, 내후년에도 계속될 것이다. 계속될 뿐만 아니라 점점 더 심해질 것이다. 기후위기 때문이다. 다들 날씨가 이상하다, 점점 동남아 지역의 날씨로 바뀌고 있다는 것을 체감하고 있음에도 이 변화에 어떻게 대응해야 할지 모르고 있다. 마침 최근에 읽은 조너선 사프란 포어의 『우리가 날씨다』에는 일개 개인으로서 어떻게 기후위기에 맞설 수 있는지, 어떤 일을 하면 가속화되는 기후변화에 조금이나마 대응할 수 있는지 자세한 근거와 함께 구체적인 행동을 제시하고 있었다.

개인이 기후변화를 막기 위해 할 수 있는 가장 효과적인 활동 네 가지는 다음과 같다. 채식 위주로 먹기, 비행기 여행 피하기, 차 없이 살기, 아이 적게 낳기.•

마지막에 언급된 아이 적게 낳기만 빼면 2020년대 한국에서 살아가는 사람들에겐 죄다 쉽지 않은 활동들이다. 단호하게 말하는 것처럼 보이지만, 실은 책의 저자 역시 이 네 가지를 실천하기 위해 고민하고 번민하고 후회했다가 다시 실천하기 위해 애쓰는 삶을 반복하고 있다고 고백하고 있다. 이렇게 쓰고 있는 나 역시 얼마나 실천할 수 있을지 모르겠다. 일단 내 의지와 무관하게 차도 없고 아이도 없으니 절반은 하고 있지만 이걸 실천이라고 해도 좋을지 어떨지…….

지구에 사는 사람으로서 기후위기에 대해 걱정하고 고민하는 한편, 소설가로서 지금 쓰고 있는 소설에 대해 고민하고 있다. 에세이 형식의 소설을 쓰려다 보니 자연스럽게 '소설가 박대겸'이 다시 등장한 것이다. 지금까지 그렇게 많은 책을 펴낸 것도 아닌데 그중 '소설가 박대겸'이 나오는 소설이 벌써 두 편이나 된다. 창작 시기순으로 따지면

• 조너선 사프란 포어, 『우리가 날씨다』(송은주 옮김, 민음사, 2020).

『이상한 나라의 소설가』가 첫 번째, 『부산 느와르 미스터리』가 두 번째. 그런데 또다시 '소설가 박대겸'이 나오는 소설을 써도 괜찮을지 고민하고 있는 것이다.

그러는 한편, 많은 작가나 영화감독이 3부작 형식으로 작품 발표를 하기도 하니 이참에 '소설가 박대겸 3부작' 형태로 발표해도 괜찮지 않을까 싶기도 하다. 애초에 3부작을 구상하고 쓴 소설들이 아니라 얼마나 연결성이 있는지는 모르겠지만.

소설을 쓰고 있노라면 이따금 평행우주에 대해 생각할 때가 있다. 우주는 현재의 과학으로는 측정할 수 없을 만큼 무한히 넓고, 그렇다면 우주 어딘가에 우리와 조금 다른 시간대의, 우리와 조금 다른 세상을 살아가고 있는 또 다른 세계가 있지 않을까, 상상해보는 것이 완전히 허무맹랑한 일은 아닐 것이다. 꿈에서 본 나와 비슷하면서도 조금은 다른 삶을 살고 있는 내가, 어쩌면 평행우주의 어떤 세계에 살고 있는 '나'일지도 모른다고 생각해보는 것이다.

이런 발상은 더욱 부풀어 올라 어쩌면 내가 창작한 '소설가 박대겸' 역시 다른 평행우주에서 존재할 수도 있지 않을까, 하는 망상으로 이어지기도 한다. 그리하여 다른 세계의 '나' 역시 소설을 쓴다면?

수많은 평행우주에 존재하는 '나'들은, 각자 자신만의

'소설가 박대겸 3부작'을 집필하고 있을지도 모르고, 어쩌면 지금 이 세계에 존재하는 나 역시 그들이 창작한 '소설가 박대겸'일지도 모른다.

이쯤 되니 소설가로서의 고민이라기보다는 소설가로서의 망상이라고 하는 편이 나을 것 같다.

마지막으로 생활인으로서 하는 고민. 지금 20평 아파트에서 공동생활을 하고 있는 에른스트가 조만간 다른 곳으로 이사할 예정인데 지금보다 좁은 집이라 같이 살기 어렵다는 이야기를 해온 것이다. 애초에 같이 지내기 시작할 때 전해 들은 내용이긴 하지만 정작 일이 눈앞에 닥치니 받아들이는 마음가짐이 다르다. 나도 집을 구해야 하는데 현재 경제 상황으로 서울 내에서 갈 수 있는 곳은 고시텔 정도밖에 없다. 하지만 어지간한 고시텔 월세도 40만 원을 훌쩍 넘어 부담스러웠기에 이럴 바엔 다시 부산 부모님 댁에 얹혀사는 편이 낫지 않을까, 나는 어떻게 해야 하나, 왜 이 나이 먹도록 모아둔 돈 한 푼 없는 건가, 자책까지 하지는 않았지만 어쨌거나 서울에서 계속 버티느냐 부산으로 다시 내려가느냐 고민하기 시작한 것이다.

시간이 흐르며 에른스트의 이사 계획이 하나하나 실행되었다. 경기도 쪽으로 두세 번 발품을 팔더니 금세 이사할 집을 구했다. 지금 살고 있는 집을 부동산에 내놓더니 며칠 지나지 않아 새로 입주할 사람이 나타났다. 이 모든 일이 완료되는 데 2주일도 채 걸리지 않았다.

집 구하는 일이 이렇게 쉬웠나. 설마 이 정도로 빠르게 진행될 줄이야.

그러는 사이에 있었던 일이다.

6호선 공덕역과 대흥역 사이에 '세르반테스'라는 독립서점이 있다. 근대문학, 근대소설의 역사에 대해 말할 때 가장 첫머리에 오는 『돈 키호테』를 쓴 작가의 이름을 딴 서점. 부산에서 지내던 중 SNS에서 우연히 알게 되어 언제 한번 가보고 싶다고 생각했기에, 서울에 올라온 이후 서점에서 진행하는 '월요 낭독회'나 '라블레 소설 수다의 밤' 같은 프로그램에 참여하며 들르기 시작했다. 자연스럽게 서점 대표 이황희와도 이런저런 이야기를 나눴다. 서구(문학)적인 서점 이름과 대조적으로 대단히 한국적인 이름의 대표는, 알고 보니 대학에서 스페인어 문학을 전공하여 석사논문까지 쓴 이력이 있는 사람이었다. 서점 이름을 '세르반테스'로 정한 데는 그런 이유도 있었다.

지구에 사는 사람으로서의 고민과 소설가로서의 고민과 생활인으로서의 고민이 삼위일체가 되어 포위해온 어느 날, 나는 바람이나 쐴 겸 '세르반테스'로 향했다. 풍차를 향해 돌진하는 돈 키호테와 같은 속도로 한여름의 태양을 피해가며 서점에 도착, 입고 도서를 정리하고 있던 이황희와 짧게 인사를 주고받은 뒤 매대에 새롭게 진열된 책들을 훑어보기 시작했다. 서점에는 나 말고도 두 명의 손님이 더 있었는데, 각자 자기가 원하는 책을 찾기 위해 책장을 두리번거리고 있었다. 그렇게 평소와 다를 것 없이, 높은 나무들이 빽빽한 숲에 들어와 있는 듯한 안온함을 만끽하며 서가 사이를 어슬렁거리고 있었다.

평소와 다른 점이 있었다면 얼마 후, 당연히 허구의 존재라고 생각했던 사람이 서점에 등장했다는 점이다. 픽션 속의 존재라고만 생각했던 사람이 눈앞에 실제로 등장했기에 깜짝 놀라지 않을 수 없었다.

요즘은 일반 서점이나 대형 서점도 사정이 크게 다르지 않겠지만, 독립 서점은 더더욱 책 판매만으로는 서점 운영이 어렵다. 책 판매 이외에 다른 일을 해야 한다. 잡화나 문구를 팔든지 문화 행사를 해야 한다. 선택 사항이 아니라 필수 사항. 그래서 이황희가 하는 여러 가지 일 중 하나는 '도냐 키히데와 건초 판사의 비망록'이라는 글을 매달 구독료를 받고 일주일에 두 차례 연재하는 것이다. 서점에서 일어난 일을, 세르반테스적 유머를 기반으로 허구적이거나 환상적인 내용을 덧붙여 쓴 글이었다. 애초에 '도냐 키히데'

와 '건초 판사'라는 이름 자체가 소설 『돈 키호테』의 주요 인물 '돈 키호테'와 '산초 판사'의 패러디 아니겠는가.

  다음은 얼마 전 메일로 발송된 '도냐 키히데와 건초 판사의 비망록' 41장 중 일부이다. 이황희의 허락을 받아 공개한다.

  낭독이 끝나자 서점 카운터에 웬 점술가가 나타났다. 해 질 무렵 나타난 그 사람은 온통 검은 옷을 입었으며 검은 눈썹만이 그린 듯이 선명했다. 낭독회에 왔던 한 사람이 물었다.

  "저는 올해가 가기 전에 연애를 할 수 있을까요?"

  검은 옷을 입은 점술가가 카드를 꺼내 휘휘 놀리더니 다섯 묶음으로 나누고 운명을 물어본 사람이 그중 하나를 고르게 했다. 그런 다음 그가 선택한 묶음을 펼쳐 하나의 카드를 고르라고 하였다. 카드를 본 점술가가 웃었다.

  "아니요."

  "왜요?"

  "다시 카드를 골라보시오."

  "이걸로 하지요."

  "허허, 당신은 돈이 없어서 연애를 할 수 없다는군."

  "젠장, 어떻게 알았지!"

"하지만 머지않아 참사랑을 알게 되리니."

 이 글을 읽을 당시, 당연히 허구가 가미된 유머러스한 글이라고만 생각했다. 점술가가 왜 갑자기 서점에 나타나겠으며(물론 손님으로서 서점에 올 수는 있겠지만 글의 내용상 그런 이유로 오진 않았다), 거기에 있던 사람들에게 난데없이 왜 점술을 봐주겠는가.
 그런데 아니었다.
 한여름의 태양이 매섭게 내리쬐고 있던 오후 4시, "온통 검은 옷을 입었으며 검은 눈썹만이 그린 듯이 선명"한 사람이 실제로 서점에 나타난 것이다. 심지어 검은 망토까지 걸치고 있었기에 점술가의 아우라가 뿜어져 나올 수밖에 없었다. 검은 잉크 한 방울이 투명한 물속에서 퍼져나가듯, 그 사람의 등장과 함께 서점의 분위기가 바뀌기 시작했다.
 나는 카운터에 있는 이황희에게 다가가 작고 빠르게 속삭였다.
 "연재글에 쓴 점술가, 진짜 있네요?"
 "전 거짓말은 안 쓰거든요."
 점술가는 이황희와 가볍게 눈인사를 주고받더니 자리를 교대하듯 카운터 안으로 들어갔다. 들고 있던 검은색 007가방에서 검은 천과 검은 카드를 차례로 꺼내 카운터 테이블의 빈 공간에 올려뒀고 마지막으로 야구공보다 조금 큰 크기의 투명한 구슬까지 꺼냈다. 나와 이황희는 물론 서점에 있던 다른 두 명의 손님까지 점술사의 행동을 유심히 살폈다.

"혹시 아는 분이에요?" 내가 물었다.

"아뇨. 며칠 전부터 갑자기 오기 시작했어요. 이번이 세 번째인가 네 번째인가."

"시간이랑 요일이 정해진 것도 아니겠네요."

"해 질 무렵에 올 때도 있고, 지금처럼 오후에 올 때도 있어요."

"근데 서점에서 저렇게 해도 괜찮아요?"

"딱히 영업을 방해하는 건 아니니까. 잘하면 서점 일에 도움이 될 수도 있을 것 같고."

"도움이 된다고요?"

"지난 연재글 본 분들 중에 점술가가 실제로 있느냐, 나도 점술을 보고 싶다 말씀하신 분이 꽤 되거든요. 그래서 저분만 동의해주면 이 기회에 본격적으로 부업을 해봐도 괜찮을 것 같은데……."

카운터 테이블엔 어느새 검은 천이 깔렸고, 그 위에 검은 카드와 투명한 구슬이 놓였다. 검은 카드의 테두리는 은빛으로 되어 검은 천과 쉽게 구분이 갔다. 점술사는 지그시 눈을 감은 채 왼손은 투명한 구슬 위에 얹고 오른손은 검은 카드 위에 올린 채 들릴 듯 말 듯 한 목소리로 주문인지 주술인지를 외는 것 같았다.

그 모습을 보고 있노라니 소설 속 세계에 들어온 듯한 기이한 느낌을 받았다. 평범한 일상 속에 등장한 검은 망토를 두른 점술가라니.

그와 동시에 최근 내가 하고 있는 고민들, 그중에서도 생활인로서의 고민, 즉 주거지 문제에 대한 고민을 떠올리지 않을 수 없었다. 이 점술사에게 내 고민에 대해 이야기하면 어떨까. 어쩌면 명쾌한 해결책을 내놓을 수도 있지 않을까.

준비 작업이 끝난 듯한 점술사가 눈을 뜨더니 천천히 주위를 둘러보았다. 그리고 이내 나와 눈이 마주쳤다. 1초, 2초, 3초. 나는 초면인 사람과의 눈 맞춤을 피하지 않았고, 점술사는 딱 3초 동안의 눈 맞춤만으로 내 머릿속을 들여다보기라도 한 듯 "이쪽으로 오시죠"라고 말했다. 슬쩍 주변을 둘러봤고, 이황희가 나에게 괜찮다는 듯 고개를 끄덕였다. 다른 손님 두 명은 앞으로 어떤 일이 일어날지 기대에 찬 눈빛으로 나와 점술사를 갈마보았다.

세 걸음 정도 자리를 옮겨 카운터를 사이에 두고 점술사와 마주 섰다.

"묻고 싶은 게 있으면 어떤 것이든 물어봐도 좋습니다.

이 투명 구슬과 카드가 답을 알려줄 겁니다."

점술사가 자신감 있는 말투로 말했다.

"사실은…… 요즘 주거지 때문에 고민이 있는데요, 계속 서울에서 사는 편이 나을지 아니면 고향인 부산으로 내려가는 편이 나을지, 둘 다 아니라면 또 다른 선택지가 있을지 궁금해서요."

점술사는 내 이야기를 듣자마자 빠르게 카드를 섞더니 검은 천 위에 쭈욱 펼쳤다.

"일단 서울과 부산 둘 중에서 생각해보죠. 서울을 생각하며 세 장, 부산을 생각하며 세 장 뽑습니다."

나는 점술사가 시키는 대로 총 여섯 장의 카드를 뽑았다. 점술사는 내가 뽑은 카드를 세 장씩 나눠 뒤집더니 투명 구슬을 만지작거리며 다시 한번 알아들을 수 없는 말을 빠르게 중얼거렸다. 뒤집힌 카드에는 아무 글자도 없이 반달, 초승달, 별 모양의 단순한 그림만 있었기에 어떤 내용인지 짐작조차 하기 어려웠다.

얼마 후 검은 망토의 점술사는 이렇게 말했다.

"기회의 측면에서 보면 서울에서 계속 사는 편이 좋습니다. 그러기 위해서는 지금보다 일을 좀 더 많이 해야 하고, 아마 그렇게 될 것 같습니다. 이동하는 일, 여기서는 이사를 뜻하겠죠, 그런 것에 대해 부담 갖지 말고 그저 가볍게 여행을 다닌다는 느낌으로 받아들이면 좋겠습니다. 그리고 부산으로 다시 내려가면, 지금으로선 한발 후퇴하는 느낌입니다. 그냥 기운의 측면에서 그렇다는 말입니다. 금전적인 면에서는 다소 여유가 생길지도 모르겠네요. 근데 서울에 살든 부산에 살든, 전반적으로는 천체의 기운이 좋은 편이니 아까도 말씀드렸듯 너무 고민하지 않아도 좋을 것 같습니다."

거기까지 말한 점술사는 눈을 지그시 감더니 투명 구슬을 몇 차례 만지작거렸다. 나는 점술사가 방금 했던 말을 되새겨보았지만 명쾌한 답을 얻은 건 아니었다.

그래서 뭐가 더 낫단 말이지? 계속 서울에 있으란 말인가 아니면 부산으로 내려가란 말인가.

선택은 결국 나의 몫인가?

점술가가 다시 눈을 뜨더니 카드를 몇 차례 더 섞고 나서 말했다.

"카드가 그다지 명확하게 나온 것 같지 않아서, 혹시 좀 더 괜찮은 선택지가 있는지 알아보겠습니다. 이번에는 어딘가로 이동한다는 생각을 하면서 세 장만 더 뽑아봅니다."

나는 카드 세 장을 뽑아 점술가에게 건넸는데 이번에는 별과 태양과 개기일식으로 보이는 카드가 나왔다. 점술사는 카드 구성을 본 순간 살짝 놀란 듯한 표정으로 내 얼굴을 쳐다봤다가 다시 한번 투명 구슬 위에 손을 올리더니 알 수 없는 말을 중얼거렸다.

잠시 후 점술가는 이렇게 말했다.

"이동을 하긴 해야 하네요. 제가 앞서 부산으로 내려가게 되면 기운의 측면에서 한발 후퇴하는 일일지도 모르겠다는 식으로 표현했죠? 그런데 2보 전진을 위한 1보 후퇴로 바꿀 수 있는 선택지가 있습니다. 그리고 이 선택이 지금까지 나온 세 가지 경우 중 가장 좋습니다. 여기 본인이 뽑은 카드 보이시죠? 별과 태양. 이 별은 그냥 별이 아닙니다. 북극성이에요. 맨눈으로도 볼 수 있을 만큼 환해서 오래전부터 길잡이 역할을 하던 별. 마지막으로 나온 카드가 태양. 지구에서 볼 수 있는 가장 환한 별이죠."

"가운데는 뭐죠? 개기일식 맞나요?"

"맞습니다. 정확하게는 금환식 혹은 금환일식으로, 달이 해를 가리긴 했지만 전부 가리지는 못한 상태죠. 그만큼 현재 태양의 기운이 강하다는 의미입니다."

"하지만 가려져 있네요."

"이동하기 전후로 다소 어두운 상황이 올 수도 있겠지만, 결국엔 태양이 뜬다는 의미입니다."

"그래서 제가 어디로 가면 좋을까요?"

"중요한 이야기를 빠뜨렸군요. 서울도 아니고 부산도 아니면 어디겠습니까. 카드도 구슬도, 지금 여기가 아닌 다른 곳이 좋다고 말하고 있습니다. 이를테면 한국을 떠나는 선택지도 고려할 수 있겠고요."

"외국으로 나가는 편이 좋다는 말인가요?"

"단정적으로 외국이라고 할 수는 없겠지만, 그것도 하나의 선택지가 될 수 있을 것 같습니다. 어쨌거나 지금 여기가 아닌 곳, 지금 생각하는 곳과 완전히 다른 곳에서 사는 편이……. 아니, 아마 그렇게 되지 않을까요?"

하루가 지났고, 머릿속에는 전날 점술가에게 들었던 이야기가 맴돌고 있다. 고시텔에서라도 머물며 계속 서울에 살아야 할지 아니면 당분간 부산에서 지내야 할지 고민하고 있는데 난데없이 외국으로 나가라는 말을 들을 줄이야.

어떤 선택을 하면 좋을까, 라고 무심코 키보드를 두드렸다가 곧바로 지웠다. 눈앞의 노트북 모니터엔 새롭게 집필하기 시작한 원고가 새로운 문장이 덧붙여지길 기다리고 있었다.

그래, 이런 고민에 빠져 있을 때가 아니야. 고민한다고 당장 해결될 문제도 아니고, 아직 시간이 있으니 천천히 생각하기로 하고 일단 쓰던 소설이나 계속 쓰자.

5.　갭모에라도 느낄 수 있으면 좋았겠건만

　시간은 어찌나 쏜살같은지, 박대겸이 에른스트와 함께 창동에서 살게 된 지도 어느덧 반년 가까이 흘렀다. 그리고 이제 에른스트와 헤어질 시간이 다가오고 있었다. 에른스트가 집 사이즈를 줄이는 대신 교통이 조금 더 편한 서울 중심부로 이사 갈 예정이라고 말해왔기 때문이었다.

　에른스트가 같이 살자는 제안을 했을 때, 박대겸 입장에서야 고마운 일이었지만 에른스트가 굳이 자신과 함께 살 이유가 있는지 의아한 마음도 들었다. 제안을 하던 당시 에른스트는 집을 비울 일이 잦아서 월세가 아깝다는 게 가장 큰 이유라고 말했다. 그리고 자신이 규칙적인 생활을 하지 못하는 만큼 규칙적인 생활을 하는 박대겸을 보며 대리만

족 같은 걸 느낄 수도 있을 것 같다고 덧붙였다.

이유야 어쨌건 박대겸은 에른스트의 아파트를 직접 보고 곧장 여기서 살아야겠다고 결심했다. 20평 정도 되는 크기에 방이 세 개. 아주 기본적인 가구나 전자기기를 제외하면 사실상 미니멀리스트가 살고 있다고 느껴질 만큼 잡다한 물건 없이 깔끔한 집이었던 것이다. 서울 어디에서 이만한 거주 공간을 구할 수 있겠는가. 에른스트가 제안한 공동생활비 역시 저렴했다. 박대겸은 에른스트가 잘 사용하지 않는 가장 작은 방에 머물기로 했다.

함께 살기 시작하면서 에른스트는 박대겸에게 몇 가지 공동생활 규칙을 제안했다. 집에서 같이 식사를 하는 경우 에른스트가 요리, 박대겸이 설거지를 담당한다. 음식쓰레기 배출은 박대겸이, 매주 토요일 아파트 단지 내 재활용 쓰레기 배출은 에른스트가 담당한다. 2주에 한 번씩 함께 집 안 대청소를 실시한다. 화장실에서 소변 볼 때는 좌변기에 앉아서 본다.

대부분 평소에도 하는 것들이었기에 박대겸으로서는 어려울 일이 없었다. 다만 좌변기에 앉아서 소변 보는 일이 처음엔 조금 낯설었을 뿐. 그것도 금세 적응됐다.

박대겸은 저녁 식사를 하고 나와 우이천 변을 걸으며 지난 몇 달을 돌이켜보았다. 처음 이 동네에 발을 디뎠을 때 느낀 낯섦과 호기심. 유달리 아름답게 보이던 우이천과 하천 위로 드넓게 펼쳐진 파란 하늘과 하얀 구름. 매일 한두 차례 에른스트와 함께 식사하며 나눈 소소한 이야기들. 에른스트가 서점에서 일하던 시기에 있었던 사소한 일화들.

서울에서 다시 이런 거주지를 구하는 것이 가능할까. 이 나이를 먹도록 어째서 내 수중엔 원룸 계약금 한 푼 없는 것인가.

박대겸은 지난 세월을 돌이켜보았지만 돌이켜본다 한들 은행 계좌에 원룸 계약금이 들어올 리 만무했고, 애당초 바꿀 수 없는 과거였기에 그저 속으로 구시렁거리는 것 말고는 할 수 있는 일이 없었다. 시간이 지남에 따라 구시렁거리는 소리는 차츰 투덜거리는 소리로 바뀌었다.

어느 순간, 우이천 산책로를 스쳐 지나가는 사람들이 슬쩍슬쩍 쳐다볼 만큼 큰 목소리로 투덜거리던 박대겸은 갑자기 무언가 떠오르기라도 한 듯 문득 자리에 멈춰 서더니 바지 주머니에서 핸드폰을 꺼냈다.

오랜만에 쵸이쵸이에게 연락해봐야겠어. 고민 있으면 언제든 편하게 연락하라고 했으니까.

박대겸은 그렇게 혼잣말을 하더니 핸드폰 연락처를 뒤졌다. 하지만 'ㅊ' 항목에 쵸이쵸이라는 이름은 눈에 띄지 않았다.

왜 없지? 분명 올해 초 서울에 올라와서 만났을 때도 전화했던 것 같은데!

박대겸은 길가에 있는 벤치에 앉아 70개밖에 저장돼 있지 않은 이름을 하나하나 확인했다. 내과 이름을 지나 은행 이름을 지나 미용실 이름을 지나 치과 이름을 지나 심지어 택배사 이름까지 지나서야 마침내 '색채타로'라는 이름에 도달했다. 설마 이건가, 고개를 갸웃하며 클릭해서 확인해 보니 메모난에 '쵸이쵸이'란 이름이 적혀 있었다.

박대겸은 지체하지 않고 통화 버튼을 눌렀다. 한동안 신호음이 흘렀음에도 쵸이쵸이는 전화를 받지 않았다.

쵸이쵸이는 박대겸이 벌써 수년 전에 헤어진 예전 여자친구와 타로를 보러 몇 차례 방문하면서 알게 된 친구였다. 박대겸은 타로를 보는 일에 흥미가 없었지만 당시 여자친구는 타로 보는 일을 즐겼고, 그중에서도 쵸이쵸이의 색채타로가 자신과 잘 맞는 것 같다고 했다. 여자친구를 따라다니다 보니 박대겸은 어느 순간부터 타로 보는 일을 데이트의 일환이라 생각하게 됐고, 연인 사이에 좋은 카드들만 나온다면서 미래를 기약해도 좋다는 식의 이야기를 듣자 기분 좋은 데이트라고까지 생각하기에 이르렀다.

하지만 좋은 기분은 오래 지속되지 않았다. 그 후 6개월도 지나지 않아 여자친구와 헤어졌기 때문이다.

박대겸은 다시 타로에 흥미를 잃었다. 정확하게는 타로를 멀리했다고 하는 편이 맞을 것이다. 길가에 타로가게가 보이면 마치 고약한 냄새가 나는 구식 화장실을 보기라도 한 듯 잔뜩 인상을 찌푸리며 최대한 멀찌감치 떨어져 빠른 속도로 지나쳤다. 고작 6개월 뒤의 미래도 보지 못하는 타로 따위를 믿은 내가 바보지. 박대겸은 그렇게 생각했던 것이다.

그리고 고작 6개월 뒤의 미래를 보지 못하는 건 타로나 박대겸이나 마찬가지였다.

그해 여름, 동네 과일가게에서 헐값에 구입한 참외를 먹고 배탈이 난 박대겸은 그 후 두 달 동안 설사와 전쟁을 벌인다. 집 근처 내과 네 군데를 돌았고 한의원도 두 군데나 가봤음에도 설사는 멎을 듯 멎을 듯 끝내 멎지 않았다. 차츰 살이 빠졌고 혈색도 나빠졌다. 박대겸은 단순히 먹는 것만이 문제가 아니라고 생각했다. 그해 초부터 신문사에서 객원기자로 일하기 시작했는데 매주 한 번씩 찾아오는 마감 일정 때문에 받는 스트레스도 설사의 주요 원인인 것 같았다. 그렇다고 일을 그만둘 수도 없었다. 물론 식사를 그만둘 수도 없었다.

얼굴이 새하얘질 정도로 설사가 급하면 아무리 냄새가

고약하고 벌레가 기어다니는 구식 화장실이라도 찾아가는 법. 다 큰 어른이 바지에 지릴 수는 없고, 사회적 지위와 체면…… 따위는 별로 없지만 설사가 급하다고 한들 기저귀를 차고 다닐 수도 없는 노릇 아닌가.

그리하여 박대겸의 머릿속엔 한동안 잊고 있던 타로가 떠올랐던 것이다.

박대겸은 몇 개월 만에 찾은 타로가게 앞에서 한숨을 푹 내쉬었다가 다시 고개를 절레절레 저었다를 반복했다. 내 발로 다시 여길 찾아오다니. 하지만 병원도 다닐 만큼 다녔고 지금 당장 여기 말고 갈 만한 데는 떠오르지 않아. 타로가게 앞을 몇 차례 더 왔다리 갔다리 하던 박대겸은 마침내 입을 꾹 다물고 가게 문을 열었다.

짙은 스모키화장에 동그랗게 뜬 눈, 어깨까지 내려오는 풍성한 머리칼, 우주를 형상화했는지 지옥을 형상화했는지 모를 기이한 빨갛고 파랗고 검은색이 뒤섞인 블라우스. 전반적으로 어두운 가게 분위기.

미래를 보는 타로술사인지 귀신과 대화하는 영매술사인지 모르겠군. 박대겸은 새삼 쵸이쵸이를 처음 봤을 때 했던 생각이 떠올랐다. 그때와 달라진 건 없었다.

"오빠, 오랜만에 오네?"

겉으로 보이는 으스스한 이미지와 달리 밝고 귀여운 말

투 또한 이전과 마찬가지였다. '갭모에'라도 느낄 수 있으면 좋았겠건만, 아쉽게도 박대겸에게 '모에'라는 감각은 없었다. 참고로 '모에'란 어떤 대상에 대한 기호화된 매력, 특정 대상을 향한 깊은 감정 등을 가리키는 일본어 신조어를 뜻한다. 반전 매력 정도로 바꿔 쓸 수 있는 '갭모에'는 평소 이미지와 다른 모습의 차이(갭)에서 느껴지는 매력이라는 의미라고 할 수 있다. 원래는 만화나 애니메이션 등의 캐릭터를 대상으로 사용되는 오타쿠 용어인데, 오타쿠가 아닌 박대겸으로서는 애초에 '모에'도 '갭모에'도 느낄 수 없었던 것이다. 그저 위화감이 들 뿐이었다.

당시 쵸이쵸이가 내놓은 해결책은 간단했다. 지금 하고 있는 일을 그만둬야 한다는 것. 그러면 서울에서 뭘 하며 먹고살아가란 말인가. 거기에 대한 답도 간단했다. 서울 생활 하느라 몸도 마음도 많이 상한 것 같으니 당분간 부모님 댁에 얹혀사는 것도 하나의 방법이라는 것이었다. 이대로 무리했다가는 더 안 좋아질지도 모른다고 했다.

박대겸은 타로가게에 들어갈 때보다 더욱 뚱한 표정이 되어 그곳을 벗어났다. 속 시원한 해결책이라도 내줄 줄 알고 어렵사리 찾아왔건만 내 이럴 줄 알았다며 집에 도착할 때까지 투덜거렸다.

그 후 두어 달 정도 더 버텼다. 그사이 대장내시경 검사도 받아보았으나 안 좋은 점은 발견되지 않았다. 그럼에도 설사는 끊어질 듯 끊어지지 않았고, 박대겸의 머릿속에선 쵸이쵸이가 했던 말이 반복해서 떠올랐다. 당분간 부모님 댁에 얹혀사는 것도 하나의 방법이라는 말이었다.

타로 따위 보는 게 아니었어. 사람이 코너에 몰리니까 자꾸 그런 말에 의존하려 하잖아. 내가 이기나 설사가 이기나 타로가 이기나 해보자.

이긴 건 타로였다. 정확하게는 말이 이겼다.

아직 소설가로 불리진 않았지만 당시에도 기사는 물론 소설도 쓰고 있던 박대겸이 말의 힘을 얕보진 않았을 테고, 어쩌면 말의 힘을 간과할 만큼 코너에 몰렸던 상황인지도 모른다.

어느 날 저녁, 근처 식당에서 식사를 마친 후 동네 하천을 걷던 중 아랫배에서 신호가 와 창백해진 얼굴로 다급히 집으로 향했으나 문의 비밀번호를 누를 즈음, 이제 다 왔다 안도한 마음이 들었는지 괄약근의 힘이 살짝 풀렸고, 그렇게 살짝 풀린 괄약근 사이로 나오지 말아야 할 것들이 나오기 시작했다. 한번 나오기 시작하자 물처럼 줄줄줄 흐르기 시작한 그것은 비밀번호를 다 누르고 문을 열었다가 닫고 화장실에 들어갈 때까지 줄줄줄 흘러 팬티는 물론 엉덩이까지 다 적신 후에야 마침내 원래 도달해야 할 좌변기 속으로 주르륵 흘러내렸다. 엉덩이와 좌변기 사이에 묻은 그것의 찝찝함을 느끼며, 박대겸은 눈물이 나올 것만 같았다. 아니, 실제로 눈물 몇 방울을 떨어뜨리고 말았고, 이대로는 더 이상 못 살겠다, 이대로는 정말 더 이상 못 살겠다 울먹이고는 며칠 뒤 부산으로 내려와 부모님 댁에 얹혀살기 시작했던 것이다.

박대겸은 부모님이나 친척들이 추천해준 내과를 전전하는 동안 차츰 건강을 회복했다. 가끔 서울에 있는 친구를 만나러 올 때면 쵸이쵸이와 만나기도 했다. 몇 년 동안 타로 일을 하면서 손님과 사적인 만남을 가진 적이 없던 쵸이쵸이가 어쩐 일인지 박대겸에게 먼저 술자리를 제안했고, 박대겸 역시 쵸이쵸이와 나누는 대화가 흥미로웠기에 그 제안을 받아들인 것이다.

성별이 다르고 둘 다 이성애자이긴 하지만 둘의 관계는 연애로 흘러가지 않았다. 애초에 서로를 연애 상대로 보지도 않았고, 만남이 이어진다고 해도 어디까지나 인간 대 인간 혹은 타로술사 대 손님 정도의 관계 범주를 벗어나지는 않았다.

둘은 주로 쵸이쵸이가 일하는 건대입구역 인근에서 만났다.

이름이 왜 쵸이쵸이냐는 박대겸의 질문에 쵸이쵸이는

이렇게 답했다.

"발음상으론 차이가 없지만 활자로 보면 초이보다 쵸이가 귀여우니까. 그리고 반복해서 말하면 더 귀여우니까."

알고 보니 쵸이쵸이는 최씨였다. 성격만큼이나 알기 쉬운 작명이군. 박대겸은 그렇게 생각했다.

벤치에 앉아 있던 박대겸이 다시 걷기 시작하고 얼마 후, 쵸이쵸이에게 전화가 왔다.

"오빠! 안 그래도 연락하려고 했는데! 나 지금 경기도 쪽에서 상담 아르바이트 마치고 집으로 가는 길인데 시간 괜찮으면 술이나 한잔 할래?"

박대겸으로선 거절할 이유가 없었다.

이튿날 느지막한 오전, 지끈거리는 머리를 부여잡으며 가까스로 일어난 박대겸은 숙취와 갈증을 해결하고자 방바닥에 굴러다니는 물병을 집어 들고 물을 마셨다. 그러고 나서 방바닥에 주저앉은 채 간밤에 있었던 어처구니없는 일들을 복기해보았다.

쵸이쵸이와의 술자리에서 만난 그 여자도 황당하기 짝이 없었지만 쵸이쵸이와 헤어지고 나서 집에 오는 길에 택시에서 있었던 일도 살면서 여태 겪어본 적 없는 일이야. 소설로 쓸 만한 절호의 에피소드니 일단 숙취가 가시면 어제 있었던 일을 적어둬야겠어.

하지만 박대겸의 다짐을 배반하기라도 하듯 한 시간이 지나고 두 시간이 지나도 숙취는 좀체 가시질 않았다. 뿐만 아니라 간밤의 과음과 구토로 잔뜩 성이 난 위장이 아까 마셨던 물까지 위액을 곁들여 전부 입 밖으로 배출시키는 바람에, 박대겸으로선 점심시간이 지나도록 제정신을 차리지 못한 채 기진맥진할 수밖에 없었다.

이대로 가다간 하루를 통째로 날릴지도 모르겠어. 얼른 조금이라도 컨디션을 회복해야겠어. 그렇게 마음먹은 박대겸은 처진 몸을 움직여 세수를 하고 머리를 감았다. 동네 약국으로 가서 자신의 현재 몸 상태를 설명하고 약사가 추천해준 몇 개의 약을 먹었다.

그로부터 한 시간쯤 흐르고 전보다 기력이 회복된 박대겸은 거실에 있는 테이블에 앉아 노트북을 켰다. 숙취와 구토 기미가 줄어들자마자 박대겸의 머릿속은 어제 쵸이쵸이와의 술자리에서 있었던 일과 집으로 돌아올 때 있었던 일을 소설화해야 한다는 강박으로 가득해진 것이다. 이게 다 골골대며 보낸 오늘 하루를 무의미하게 보내지 않기 위해서야.

노트북 부팅이 끝나자마자 빈 한글창을 하나 띄웠다. 그리고 아직 완전히 활성화하지 않은 머리를 궁굴리며 어제 쵸이쵸이와 만났을 때 벌어진 일을 적기 시작했다.

6. 나중에 소설 쓸 때 써먹으면 좋겠다

 종로 거리를 걷다가 사이비종교 신자처럼 보이는 점술가가 난데없이 타로를 봐주겠다며 말을 걸어왔다. 마침 고민 가득한 터라 의심 반 호기심 반으로 근처 배스킨라빈스 31에서 아이스크림을 먹으며 점술가에게 내 미래에 대한 이야기를 들었으나 딱히 고민이 해소되지는 않았다. 그런 상태로 사흘이 흐르고 나서야 나는 건대 앞에서 타로가게를 운영하고 있는 쵸이쵸이를 떠올릴 수 있었다.

 서울에서 자취하기 시작할 무렵 독서모임을 통해 만난 친구였다. 당시엔 분명 아나운서를 준비한다고 했는데 잠시 연락이 끊겼다가 다시 만났을 땐 타로가게를 운영하고 있었다. 마침 그즈음 사귀던 여자친구도 타로에 관심이 많아 함께 쵸이쵸이의 타로를 보기도 했지만 나와는 잘 맞지 않는다고 생각했다. 다른 것보다, 만약 쵸이쵸이의 카드대로 내 인생이 풀렸다면 여전히 그때 여자친구와 계속 만나고 있거나 결혼했을 테니까. 하지만 내 삶은 카드가 말한 것처럼 풀리지 않았고 연애도 끝이 났다. 타로를 보러 갈 일도 다시 독서모임을 할 일도 없었기에 쵸이쵸이와는 자연스레 멀어지리라 생각했다. 일전에 잠시 연락이 끊겼던 시기에 그랬던 것처럼. 그런데 이게 웬걸, 쵸이쵸이는 잊을 만하면 연락을 해왔다. 연애 감정이 생긴 것은 아니고, 그냥 나라는 인물 자체에 뒤늦게 호기심을 느낀 것 같았다. 그렇게 10년 가까운 시간이 흐르는 동안에도 느슨하게나마 관계를 유지할 수 있었다.

쵸이쵸이와 마지막으로 만난 지도 벌써 반년이 다 됐네. 나는 그렇게 생각하며 쵸이쵸이에게 연락해 술이나 한잔 하자고 했고, 쵸이쵸이는 대번에 어떤 낌새를 알아차렸는지 묻지도 따지지도 않은 채 저녁 7시에 건대입구역에서 만나자고 했다.

건대입구역 1번 출구에서 만나 화양제일시장 골목을 지나 쵸이쵸이가 단골이라고 하는 족발집에 갔다. 걸어가는 동안 우리는 근황을 주고받았고, 내가 주거지 문제 때문에 고민이라는 이야기를 꺼내자 쵸이쵸이는 가게에 들어와 안

주와 술을 주문한 뒤 곧바로 테이블 한쪽에 깔개와 타로카드를 꺼냈다.

"가방에 뭐 들었나 했더니 타로카드를 들고 왔네?"

"오빠 전화 받았을 때부터 왠지 타로 볼 일이 있을 것 같았거든, 히힛. 그렇기도 하고, 평소에도 가지고 다니는 편이야. 가끔 바깥에서 업무 볼 때 핸드폰 앱이나 전화로 연락하는 고객이 있거든."

쵸이쵸이는 먼저 내 하반기 운세를 봐줬는데 10월 이후에 특히 좋을 거라고 했다.

"이거 봐봐, 이 황금 카드가 여기 80장 중에 딱 두 장 있는 카드란 말이야. 오빠가 그 두 장을 전부 고른 거야. 황금이 무슨 뜻이겠어? 일차적으론 돈이라는 의미인데, 그것 말고도 일자리라는 의미로 해석할 수도 있고, 인연이라는 의미도 될 수 있어."

"인연이라는 의미? 연애할 수도 있다는 말이가?"

"연애나 결혼할 사람이라고 해석할 수도 있는데, 여기선 그뿐만 아니라 오빠에게 돈을 벌어줄 사람, 업무상 만나는 사람이라고 해석할 수도 있지."

"어쨌거나 좋다는 뜻이네?"

"엄청 좋다는 뜻이야!"

이후 주거지 문제에 대해서도 타로를 봤다. 11월이나 12월

즈음 이동수가 있다고 했지만 주거지로 서울이 좋을지 부산이 좋을지에 대해서는 명확하게 답하기 어렵다고 했다.

"둘 다 장단점이 확실하거든. 근데 어디에서 지내든 상관없을 것 같긴 해. 앞에서도 나왔지만 올해 하반기 마지막 3개월의 운세 자체가 좋으니까."

그렇게 말하면서 쵸이쵸이는 자기가 직접 카드 두 장을 더 뽑았고, 살짝 고개를 갸웃했다.

"왜? 안 좋은 카드가?"

"아니, 그런 건 아니고……"라고 잠시 말을 줄이더니 곧이어 "서울이나 부산 말고 혹시 생각해본 다른 지역은 없어?"라고 물어왔다. 쵸이쵸이의 질문을 듣자 며칠 전 종로에서 만난 점술가가 했던 말이 떠올랐다. 지금 여기가 아닌 다른 곳. 점술가는 분명히 그렇게 말했다.

나는 그때 들은 이야기를 쵸이쵸이에게 해주었고, 쵸이쵸이는 무슨 말인지 알겠다는 듯 고개를 주억거렸다. 하지만 정작 나는 지금 여기가 아닌 다른 곳이 어떤 의미인지 이해하기 어려웠다.

"한국을 떠나라거나 외국에서 살아보라는 의미는 아니지?"

"외국을 생각할 수도 있겠지. 그런데 내 카드의 맥락상 단순히 한국이냐 한국이 아니냐의 문제라기보단 뭐랄까……"

또다시 말을 줄인 쵸이쵸이의 다음 이야기를 기다리는 짧은 시간 동안 나는 살짝 시야를 다른 곳으로 돌렸다. 어느새 나온 족발이 눈에 들어왔고, 그 옆에 소주와 빈 소주잔이 보였다. 더불어 우리 바로 옆 테이블에 홀로 앉아 족발 안주에 소주를 마시고 있는 젊은 여자가 무심함을 가장한 채 우리 테이블에 관심을 보인다는 사실을 알아챘다. 당연하게도 테이블 위에 놓인 소주나 족발에 대한 관심이 아니었다. 나에 대한 관심은 더더욱 아니었다. 옆자리 여자의 관심은, 시선은, 정확하게 쵸이쵸이와 타로카드에 있었다.

"오빠가 지금까지 생각해본 적 없는 장소가 아닐까 싶어. 왠지 자연스럽게 그렇게 될 것 같기도 하고."

"그러고 보니 점술가도 비슷하게 말한 것 같네. 그렇게 될 것 같다고."

"그러니까 너무 걱정 안 해도 돼. 그냥 흐름에 몸을 맡겨버려! 히힛. 일단 족발부터 먹자. 여기 되게 맛있거든."

빠르게 소주를 따르고 소주잔을 가볍게 부딪치고, 빈속에 소주를 털어 넣은 뒤 족발을 먹기 시작했다. 평소에 먹던 슬라이스 형태의 족발이 아니라 깍두기 형태의 족발이라 식감도 달랐고 양념 맛도 특색이 있어 쵸이쵸이가 왜 단골인지 알 것 같았다. 그런 이야기를 하던 중 무심결에 다시 옆자리에서 홀로 족발과 소주를 마시고 있던 젊은 여자

쪽을 슬쩍 쳐다봤는데, 실은 쳐다봤다기보다는 어떤 강렬한 기운이 느껴져 안 보려야 안 볼 수 없었는데, 아니나 다를까 이번에는 아예 노골적으로 우리 테이블을 바라보고 있었다. 이제 곧 말을 걸어오지 않을까 짐작할 수 있을 만큼 강렬한 눈빛이었다.

빈 소주잔을 다시 채우고, 족발을 몇 점 더 먹고, 쵸이쵸이가 "오빠, 크게 고민 안 해도 될 것 같으니 오늘은 즐겁게 술이나 마시자!"라고 하며 테이블 한쪽에 펼쳐둔 카드를 정리하려는 순간, 옆자리에 앉아 있던 여자가 내 예상에 부응하기라도 하듯 다급히 말을 걸어왔다.

"잠깐만요!"

예상했다고는 하지만 돌발적인 여자의 외침에 나로선 깜짝 놀랄 수밖에 없었는데 쵸이쵸이의 반응은 의외로 덤덤했다. 쵸이쵸이는 천천히 고개를 돌리며 "네?" 하고 여자의 외침에 대꾸했다.

"정말 죄송한데, 혹시 저도 타로 좀 봐주시면 안 될까요?"

"네?" 쵸이쵸이가 되물었다.

"제가 사실은 최근에 진로 문제로 계속 고민하고 있어서요. 혹시 괜찮으시면 어떻게⋯⋯. 제가 안주를 사든지 술을 사든지 할게요. 돈을 내야 하면 돈을 드리고요."

쵸이쵸이가 약간 곤란하다는 듯 내 쪽을 바라봤다가 다시 여자 쪽으로 고개를 돌리며 말했다.

"제가 지금 오랜만에 친구를 만나고 있어서요."

그 말을 듣자마자 나는 "아니, 난 괜찮으니까 잠깐 봐드려"라고 했고, 내 말을 들은 여자가 "두 분 같이 시간 보내시는데 방해해서 죄송합니다. 그리고 고맙습니다"라고 말했다. 쵸이쵸이는 나를 봤다가 여자를 봤다가 다시 나를 보며 "정말 괜찮아?"라고 확인하는 듯 물었고, 나는 "정말 괜찮아, 오래 걸릴 것도 아니고"라고 답했다. 그러자 쵸이쵸이는 "그럼 조금만 기다려줘"라고 말한 뒤 정리하던 카드와 깔개를 들고 옆 테이블로 이동해 여자의 맞은편에 앉아 작은 목소리로 대화를 나누기 시작했다. 얼핏얼핏 유학이라든지 자격증라든지 아시아 같은 단어가 들려오긴 했지만 굳이 어떤 이야기를 나누는지 들으려고 하진 않았다. 그보다는 난생처음 겪어보는 이런 상황이 황당하기도 하고 재밌기도 해서 나중에 소설 쓸 때 써먹으면 좋겠다고 생각할 뿐이었다.

그리고 그로부터 약 한 시간이 지난 후, 진짜로 황당하고 어이없지만 전혀 재밌지는 않은 일이 일어났다.

쵸이쵸이가 타로를 봐준 시간은 길어봤자 10분 남짓. 다시 자리로 돌아왔을 때 내가 먼저 작은 목소리로 "술자리에서 타로 봐달라는 사람이 다 있네"라고 빠르게 말하자 쵸이쵸이는 별로 놀라울 것 없다는 목소리로 "가끔 이런 일이 있긴 해, 보통은 연애 상담이라 거절하는 편이지만 진로 문제로 고민하는 것 같아서 오늘은 예외적으로"라고 대꾸했다. 그렇게 다시 서로의 근황 이야기를 나누고 족발을 먹고 소주를 마시는 중간중간 옆자리 여자가 한마디씩 말을 보태기 시작했고—"혹시 소주 다 드시면 제가 하이볼 한 잔씩 사드려도 될까요? 여기 하이볼 되게 맛있거든요" "근데 두 분은 어떤 관계세요? 사귀는 사이는 아닌 것 같은데" "두 분 나이는 어떻게 되세요? 제 또래인 것처럼 보이는데, 참고로 저는 95년생"—이 마지막 말에 87년생 쵸이쵸이는 방긋 함박웃음을 지을 수밖에 없었고, 어느 순간부터 자연스레 같이 술잔을 부딪쳤고, "기왕 이렇게 됐으니 저희 테이블로 오셔서 같이 드시죠"라는 나의 제안을 못 이긴 척 받아들이며 옆자리 여자는 자신의 술잔을 들고 쵸이쵸이 옆에 앉았고, 그제야 여자가 자기소개를 해서 이름이 허아름이라는 사실을 알게 되었다.

여기까진 좋았다. 그 와중에 나는 설마 쵸이쵸이가 말한 황금 카드의 인연이 지금 눈앞에 난데없이 나타난 이 사람은 아니겠지, 속으로 설레발을 치기도 했다.

당연히 아니었다. 쉴 새 없이 술잔을 짠짠 부딪치고 하하호호 웃고 떠들 때까지만 해도 허아름이 술이 센 사람이라고 생각했다. 완전히 나의 착각이었다. 착각은 거기에서 그치지 않았다. 허아름이 쵸이 언니, 대겸 오빠, 반말 섞어가며 이야기할 때까지만 해도, 가끔은 우리가 하는 말을 끊고 자기가 하고 싶은 말, 특히 아까 타로 봤을 때 했으리라 추측되는 진로에 대한 고민을 늘어놓을 때까지만 해도, 쵸이쵸이의 손을 잡으며 언니는 왜 이렇게 피부가 좋은 거냐, 나이도 나보다 몇 살이나 더 많은데 이건 불공평하다고 말할 때까지만 해도, 그저 사교성이 대단히 좋은 사람이라고 착각했던 것이다.

시간이 조금 더 지나면서 진로 고민이라고 늘어놓는 말이 술주정에 가깝게 반복되기 시작했고, 안 그래도 작지 않은 허아름의 목소리가 더욱 커졌다. 뿐만 아니라 가벼운 스킨십 정도라고만 생각했던 허아름의 터치가 점점 노골적으로 변해 어느새 쵸이쵸이를 더듬는 수준으로 바뀌었고, 그에 따라 더듬는 신체 부위도 손에서 시작하여 팔을 타고 올라가 사실상 성적인 터치나 마찬가지인 귓불을 만지작거리는 지경에 이르렀을 땐 내 눈을 의심하지 않을 수 없었다.

지금 눈앞에서 뭐 하는 거지. 욕구불만인가. 아무리 그렇다고 해도 맞은편에 버젓이 사람이 앉아 있는데 저런 짓을 한다고? 그것도 심지어 만난 지 한 시간 정도밖에 안 된 사람한테?

의아한 건 쵸이쵸이의 반응이었다. 귀여운 이미지에 사교성 좋은 성격이긴 해도 싫은 건 싫다고 확실하게 말하는 사람이라 생각했는데, 허아름의 노골적인 스킨십을 단호하게 거절하지 않았던 것이다. 그렇다고 그걸 받아들이거나 즐기는 것처럼 보이지도 않았다.

"아름 씨, 공공장소에서 이러면 안 돼. 자꾸 귀를 만지면 나도 곤란하다구."

쵸이쵸이는 그렇게 말하며 아주 매너 있게 대처했던 것이다.

시간이 조금 더 지나자 허아름은 제대로 혀를 놀리지 못할 만큼 취한 상태가 되었고, 그럼에도 자꾸 "2차 가자, 우리 같이 2차 가자" 주정을 부리듯 반복해서 말했다. 짜증과 분노를 가까스로 참고 있던 나와 달리 쵸이쵸이는 차분하게 "일단 아름 씨 테이블부터 계산하고 와, 계산을 끝내야지 2차를 가든지 하지"라고 대꾸했다. 예상했던 대로 몸을 제대로 가누지도 못한 채 비틀비틀 갈팡질팡 가까스로 계산대까지 간 허아름은, 카운터 앞에서 결제하기 위해 핸드폰을 꺼냈으나 비밀번호를 몇 번이나 잘못 눌렀는지 액정을 수차례 신경질적으로 터치했고, 그러는 와중에 핸드폰을 몇 번이나 떨어뜨렸지만 다행인지 불행인지 핸드폰은 멀쩡

했고, 몇 번의 실수 끝에 사장님의 도움으로 가까스로 결제에 성공한 후 다시 자리로 돌아와 "나 잠깐 화장실 좀"이란 말과 함께 역시나 쓰러질 듯 말 듯 한 걸음걸이로 화장실로 사라졌다. 그 순간 쵸이쵸이는 마치 기다렸다는 듯 카운터로 잽싸게 달려가 내가 무어라 말할 틈도 없이 계산을 끝마치더니 "오빠, 쟤 화장실 갔을 때 빨리 도망가자"라고 말하며 내 팔을 붙들고 가게 밖으로 나왔다.

이후 우리는 약간 뛰다시피 빠른 걸음으로 골목을 걸으며 가게에서 가능한 한 멀리 떨어졌다. 쵸이쵸이는 술에 취해 제대로 걷지도 못하는 허아름이 우리를 쫓아오는지 수시로 뒤쪽을 확인하며 이쪽 골목으로 꺾었다가 저쪽 골목으로 꺾었다 했고, 마침내 건대입구역 역사 부근에 다다라서야 한숨 돌렸다.

"난 엄청 짜증 나서 빨리 술자리 끝났으면 좋겠다고 생각했는데 네가 적당히 대응하길래 괜찮은 줄 알았네."

"괜찮은 척한 거야. 속으론 엄청 무서웠다구."

"무서웠다고?"

"뭔가, 여자 좋아하는 귀신에 씐 사람처럼 보였거든. 그래서 적당히 맞장구치면서 도망갈 타이밍만 기다리고 있었어. 여기까지 왔으니 이제 못 쫓아오겠지."

"술 취해서 잘 걷지도 못하는 사람이 설마 여기까지 따라

오겠냐?"

"히힛, 그것도 맞는 말이다. 이제 어쩔까? 정작 우리 둘은 별로 얘기도 못 나눈 것 같은데. 2차 괜찮아?"

시간을 확인했다. 10시 반. 막차 시간까진 한 시간 조금 넘게 남았으니 만약 술을 다시 마신다고 하면 사실상 집까진 택시를 타고 가야 했다. 1차에서 술을 마시긴 했지만 기분이 좋지 않은 상태에서 마셨기에 취기는 별로 느껴지지 않았고, 이대로 돌아가는 것보다 쵸이쵸이랑 재밌는 이야기라도 나누고 나서 돌아가는 편이 나을 것 같았다.

우리는 길 건너 골목에서 안주가 저렴하다는 홍보 문구가 눈에 띄는 호프집으로 들어갔다. 허아름에 대해 다시 이야기를 나눴고, 불과 몇십 분 지났다고 이제는 웃으면서 당시 상황을 안주 삼을 수 있었다. 그렇게 소주와 맥주를 섞어가며 술을 마셨는데 따지고 보면 이미 1차에서부터 각종 하이볼과 소주와 맥주를 섞어 마신 상황. 기분 탓에 취기를 못 느꼈을 뿐이지 이미 몸 안에서는 각기 다른 알코올이 자기 점유권을 주장하며 치열하게 치고받는 중이었다. 나는 그 사실을 밤 1시 반이 넘어 슬슬 졸리니 집에 가자는 쵸이쵸이와 헤어진 뒤 택시를 타고 집으로 가는 길에서야 깨달았다.

택시에 올라 목적지를 말한 뒤 살짝 눈을 감고 1분이나 채 지났을까, 몸속 깊은 곳에서 무언가 끈적한 것이 목구멍을 타고 오르는 듯한 강렬한 느낌을 받은 것이다. 나는 침을 삼키며 그 끈적한 것을 내려보내려 애썼지만 그것의 기세는 강력했고, 창문을 열고 바깥 공기를 쐬어도 그것의 기세는 사그라지지 않았다. 내가 안절부절못하고 있는 상태를 기민하게 눈치챈 택시기사는, 혹시 토할 것 같으면 여기서 내리는 게 좋겠다, 택시 안에 토하면 청소비 10만 원을 내야 한다, 법적으로 정해진 사항이라며 강한 어조로 말했다. 나는 괜찮다, 참을 수 있다, 참을 수 있을 것 같다, 참을 수 있을 것 같기도 하다, 참을 수 있을 것 같을지도 모르겠다, 입을 열 때마다 차츰 확신의 농도가 옅어졌다. 마침내 택시기사는 마음을 정한 듯 어딘지 알 수 없는 곳에 나를 내려놓았고, 나는 기다렸다는 듯 세상 밖으로 나오고 싶어 하는 무언가 뜨끈한 것을 입 밖으로 토해내기 시작했다. 터져버린 소화전처럼 맹렬하게. 가로수 한 그루에 손을 댄 구부정한 자세로.

 그나저나 이런 자세로 있는 것도 오랜만이네. 마지막이 언제였더라, 그땐 에른스트가 옆에 있었던 것 같은데. 에른스트가 내 등을 두드리며 뭐라고 중얼거렸던 것 같은데······.

7. 나는 탐정이다

 나는 탐정이다. 탐정이긴 하지만 일반적인 탐정은 아니다.

 처음으로 당신에게 고백하건대, 나는 멀티버스 탐정이다. 내가 구체적으로 어떤 일을 하는지 대겸에게 말할 수 없는 이유는 내가 멀티버스 탐정이기 때문이다. 대겸이 내가 하는 말을 믿었다가는 지금까지 파악한 약 80억 개의 멀티버스에서 살아가는 80억 명의 '나'들과 분리되기 때문이다. 그들의 존재 자체를 완전히 망각하게 된다. 그러니까 보통의 사람들처럼. 그뿐 아니라 80억 명의 '나'들 중 서로의 존재를 인식할 수 있음은 물론 서로의 생각까지 공유할 수 있는, 나 이외 두 명의 '나'들과도 단절되기 때문이다.

 대겸은 내가 하는 말을 믿을 수 있는 사람이지만 당신은 아마 내 말을 믿지 않을 것이고, 그래서 당신에게는 내 비밀을 고백할 수 있다. 무엇보다 내가 하는 말은 '소설'이라는 형태로 코팅되어 나갈 터이니 더더욱 곧이곧대로 믿기는 어려울 것이다.

80억 개의 멀티버스 속에 사는 80억 명의 '나'들이라니. '나'와 비슷하거나 완전히 다른 삶을 살고, '나'와 비슷하거나 완전히 다른 사고방식을 가진 사람이 80억 명이나 존재한다니.

믿기는가? 믿을 수 있는가?

솔직히, 믿기 어려운 일 아닌가?

입장이 바뀌었다면 나 역시 멀티버스 탐정이라 자칭하는 자의 말을 믿지 않았을 것이다. 소설의 설정이라고 해도 그건 너무 과하다.

멀티버스를 인식하는 자에게 주어진 숙명이란 그런 것이다.

대겸이 소설가라서가 아니라, 이상한 소설을 좋아하는데 그냥 이상한 정도가 아니라 너무 과한 설정이 아닌가 싶은 이상한 소설만 골라가며 좋아하는 소설가라서, 그리고 독자라서, 내가 하는 말을 곧이곧대로 믿어버릴지도 모른다는 생각이 드는 것이다.

어떤 세계를 믿지 못한다면 그 어떤 세계를 쓸 수 없지 않겠는가. 소설 속 세계가 아무리 현실과 동떨어졌다고 한들, 소설가는 소설을 집필하는 동안 자신이 창조한 허구의 세계를 진심으로 믿을 것이다. 소설을 써본 적은 없지만 벌써 20년 넘게 소설을 읽어온 경험을 바탕으로 알 수 있는 사실이다.

살아가는 동안 소설이 현실 같다는 느낌을 받을 때가 있고, 반대로 현실이 소설 같다는 느낌을 받을 때가 있다. 대부분의 독자는 소설과 현실 사이에 어떤 희미한 막을 두고 그것을 비유로 받아들이거나 그것을 거울로 두고 서로를 비교하곤 한다. 하지만 대겸에겐 소설과 현실 사이에 그러한 막이나 거울 자체가 없는 것처럼 보인다. 그러므로 대겸에게 소설과 현실이란, 언제든 뒤섞이고 뒤엉키고, 분리되는가 싶다가도 다시 뒤범벅되는 무언가이다.

밤을 새우고 집에 들어가자 가장 먼저 나를 반긴 건 콧속을 파고드는 희미한 알코올 냄새였다. 그리고 베란다 유리문 아래에, 대겸이 쓰러져 있는 모습이 보였다. 깜짝 놀라 다급히 신발을 벗으려는 찰나, 쓰러져 있던 대겸이 꿈지럭대며 일어나 눈도 제대로 뜨지 않은 채 내 쪽을 보고 앉았다.

"빨리 왔네. 아니, 늦게 온 건가?"

"많이도 마셨네."

"많이 마시진 않았는데, 섞어 마셔서 그렇다."

"거기서 잠든 거야?"

"아니. 아까 일어나서 물을 몇 모금 마셨는데 그것도 못 받아들이겠는지 레몬색 위액까지 다 토하고 나서, 여기 햇볕이 따뜻하게 들어와서 아 기분 좋다, 아 기분 좋다, 하면서 잠시 누워 있는다는 게 그만 잠들어버렸네."

"나이 먹고 잘한다."

"그러게, 속 쓰리고 어지럽고, 어젠 왜 그렇게 마셔댔지."

여전히 눈을 반쯤 감은 채, 아직 몸에 남은 숙취를 다 떨쳐내지 못한 듯 구시렁거리며 말하던 대겸은 갑자기 눈을 번쩍 뜨더니 이렇게 말했다.

"그러고 보니 어제 엄청 황당하고 재밌는 일 있었는데!"

"대겸, 미안한데 나 피곤하니까 일단 씻고 나중에 이야기하자. 너도 약국 가서 숙취해소제라도 사 먹든지. 정신 좀 차리고."

내 말을 들은 대겸은 다시 눈을 스르르 감더니 "어제 왜 그렇게 술을 마셨지, 다시는 하이볼이랑 소주랑 맥주랑 와인을 섞어 먹나 봐라"라고 중얼거리며 다시 바닥에 드러누웠다.

씻고 옷을 갈아입고 나왔을 때도 대겸은 여전히 정신을 못 차리고 있었다. 나는 집 근처 약국에 가서 숙취해소제를 사 왔다.

"이것 좀 먹어."

대겸은 숙취에 찌든 얼굴로 눈을 뜨더니 내가 건넨 숙취해소제를 먹었다.

"고마워, 에른스트."

"콩나물국이라도 끓일까? 먹을래?"

"끓여주면 땡큐지. 근데 지금 당장은 못 먹겠고, 나중에 먹을게."

대겸은 그렇게 말하더니 자리에서 일어나 조금만 더 자야겠다며 자기 방으로 들어가버렸다.

나는 냉장고에서 콩나물을 꺼내 씻고 멸치로 육수를 내서 콩나물국을 끓였다. 냉동실에 둔 두부텐더를 꺼내 나중에 대겸이 먹을 양까지 넉넉히 프라이팬에 구웠고, 냉장고에 있던 나물과 김치를 꺼내 조금 이른 점심을 먹었다.

앞서 했던 이야기를 이어서 해보겠다. 기왕 시작한 김에 멀티버스 탐정이 어떤 일을 하는지 고백하려 한다. 일반 탐정과는 다른, 아니 일반 탐정은 할 수 없는, 멀티버스 탐정만이 할 수 있는 일이란 무엇인가. 그리고 일반 범죄자는 할 수 없는, 멀티버스 범죄자만이 할 수 있는 일이란 또 무엇인가.

기본적으로 멀티버스 탐정은 다른 세계를 인식할 수는 있어도 그곳을 왕래할 수는 없다. 이게 무슨 말인가. 다른 세계에 존재하는 두 명의 '나'의 사고를 지금 이 세계의 내가 인식할 수는 있어도, 그건 어디까지나 데이터베이스로서 받아들이는 수준이라는 말이다. 이 세계의 나의 사고가 다른 세계의 '나' 속으로 침투해 들어갈 수는 없다. 그건 다른 두 개의 멀티버스 세계에 존재하는 두 명의 멀티버스 탐정 '나' 역시 마찬가지다. 그런 의미에서 멀티버스 탐정은 멀티버스를 왕래할 수는 없는 것이다.

반면 멀티버스 범죄자는 다르다. 그들은 자신의 육체를 다른 세계로 이동시킬 수 있다. 지금으로선 그저 추정이라고밖에 할 수 없는데, 특정 시점에 특정 공간을 통과함으로써 멀티버스 범죄자는 다른 세계로 이동할 수 있다. 자신의 의식을 가진 채, 자신의 신체 그대로. 그들은 처음엔 범죄자가 아니었지만 마치 그것이 정해진 숙명이라는 듯 멀티버스를 경험하면 범죄를 저지르게 된다. 저지르고 만다. 앞서도 말했듯 어디까지나 가능성이 높은 추정이고 추측이긴 하지만.

보다시피 멀티버스 탐정과 멀티버스 범죄자의 차이는 명확하다. 또 다른 차이점이라면 멀티버스 탐정이 다른 세계의 '나'의 존재를 의식할 수 있고 심지어 그중 두 명과는 의식을 공유할 수 있는 데 반해, 멀티버스 범죄자는 다른 세계의 자기 자신을 의식하지 못한다는 점이다. 애초에 멀티버스 범죄자는 멀티버스가 80억 개나 존재한다는 사실도, 다른 세계에 또 다른 자신이 80억 명이나 존재한다는 사실도 모른다. 그렇게 추정하고 있다. 어떤 세계에 존재하는 개인이, 또 다른 세계에 존재하는 동일한 개인과는 완전히 무관하게 그쪽 세계로 이동했다가 다시 원래의 세계로 이동하는 것. 그것이 바로 멀티버스 범죄자가 할 수 있는 일이고, 멀티버스 탐정은 할 수 없는 일이다. 그들은 다른 멀티버스로 이동하여 그 세계에서 범죄를 저지른 후 다시 원래 자신의 세계로 돌아간다. 요즘은 골목 곳곳에 CCTV가 설치되어 완전범죄를 꿈꾸기가 어렵지만 멀티버스 범죄자들에게 CCTV란 허수아비나 마찬가지다. 범죄를 저지르고 다시 자신이 있던 세계로 돌아가면 그만이니까. CCTV를 통해 인물을 특정한다고 한들 그쪽 세계의 그 사람에게는 완벽한 알리바이가 존재한다. 외모만 같을 뿐 완전히 다른 사람이기 때문이다.

당연한 이야기지만 지금 지구상에는 나 외에도 수많은 멀티버스 탐정이 존재한다. 하지만 우리는 서로의 존재를 전혀 인식하지 못하고, 그래서 얼마나 많은 멀티버스 탐정이 있는지 모른다. 만약 우리가 서로를 인식하게 된다면 자연스레 우리가 가진 능력은 사라지게 될 것이다. 이것이 이 세계의 법칙이다.

태어나면서부터 멀티버스를 인식한 것은 아니다. 성인이 되고 나서, 서점을 운영하며 탐정 일을 부업으로 하는 동안 부지불식간에 멀티버스를 인식할 수 있게 되었다. 지금 내가 사는 세계와 비슷하면서도 조금은 다른, 80억 명의 '나'의 존재를 인식할 수 있었다. 그리고 며칠 지나지 않아 멀티버스 월드 탐정단에서 접촉해 왔고, 이후 그곳에 소속되어 일하고 있다.

소속되어 있다고는 하지만 실제로 그쪽 사람과 만난 적은 단 한 번도 없다. 사건 의뢰는 그쪽에서 개발한 애플리케이션 '멀티버스 크라임'을 통해 받고, 급여 역시 계좌로 입금 받는다.

점심 식사를 마친 후 설거지를 끝내고 잠시 우이천 변을 걷다가 집에 들어와 잠에 빠졌다. 해가 질 무렵 거실로 나오자 대겸이 아이패드를 보며 저녁 식사를 하고 있었.

"오늘은 웬일로 푹 잤네?"

"그런가? 너도 이제야 좀 괜찮아 보이네."

"이게 다 네 덕분이지. 콩나물국도 맛있고."

물을 몇 모금 마시고 대겸의 맞은편에 자리했다. 대겸은 기다렸다는 듯 어제 있었던 일을 말하기 시작했다. 이사 문제 때문에 고민하고 있던 차에 타로술사인 친구에게 타로를 봐달라고 했고, 지금 생각하는 서울이나 부산 외에 다른 곳도 괜찮을 것 같지만 결과적으론 어디를 선택하든 좋다는 이야기를 들었다고 했다. 여기까지는 평범했는데 그 이후 난데없이 옆자리에서 혼자 술 마시던 사람이 자기도 타로를 봐달라는 이야기로 넘어갔고, 그걸 인연으로 같이 술을 마시기 시작했는데 그 사람이 자꾸 친구의 손을 만지작거리다가 급기야 귀까지 더듬었다고 했다.

"잠깐만, 잠깐만." 나는 잠시 대겸이 하는 말을 끊고 물었다. "타로 하는 친구가 여자야 남자야?"

"여자."

"그럼 그 추태 부린 사람은?"

"여자."

"둘 다 여자였어?"

"내가 성별 이야기를 안 했네. 아무튼 그 사람 술주정이 점점 더 심해지니까 맞은편에서 보는 나도 짜증 나고, 타로 하는 친구도 겉으론 웃으면서 적당히 넘어갔는데 나중에 들어보니까 엄청 당황했다고 하더라고."

결국 술 취한 여자가 잠시 화장실에 들른 사이 대겸과 친구는 잽싸게 가게에서 빠져나왔다. 어차피 제대로 걷지도 못할 만큼 취했기 때문에 쫓아올 수 없는 상황이었음에도 둘은 그 사람이 쫓아오지 않을까 뒤를 확인하며 한동안 공덕역 일대를 걸어 다녔다. 그러고 나서 적당한 술집에 들어가 2차를 시작했고, 그즈음엔 이미 지하철 막차에 대한 기대는 버리고 술 마시는 데 집중했다.

 "아무튼 섞어 마신 게 문제였어. 1차에서 이미 각종 하이볼을 마셨는데, 2차에서도 소주에 맥주, 와인까지 마셨거든. 친구는 원래 건대입구역 쪽에 사는데 공덕역 근처에 사는 자기 친구 집에서 자겠다고 해서 나 혼자 택시 타고 왔어. 처음엔 그렇게 취했는지 몰랐다? 택시 타고 얼마 지나지 않아서 갑자기 속이 울렁거리더라고. 창문 열어서 바람 쐬고 있으려니 택시기사가 말을 걸대? 혹시 토할 것 같냐고. 좀 그런 것 같다고 하니, 요 앞에서 내려줄 테니까 거기서 토하라고 하대? 내리기도 귀찮고 토하기도 귀찮아서 그냥 바람 쐬고 있으면 괜찮을 것 같다고 했어. 사실 별로 안 괜찮았거든. 택시기사도 이런 경험 한두 번이 아니었겠지. 택시 안에서 토하면 냄새 빼고 세차하는 데 20만 원을 내야 한다면서, 그런 법이 제정됐다고 하면서 그냥 여기서 내리라며 아무 택시 승차장 앞에 서더라고. 지금 말하면서 다시 어젯밤에 있었던 일 떠올려보니까 좀 황당하기도 한데, 한편으론 고맙다고 해야 하나. 계산하고 내려서 거의 10초도 안 돼서 토하기 시작했거든. 가로수 하나 붙들고 진짜 시원하게 다 토해버렸네. 1차에서 먹었던 족발이랑 2차에서 먹었던 것들 막 뒤섞여서. 물론 형태를 알아볼 순 없었지만……. 근처에 있는 편의점에서 물 하나 사서 입도 헹굴 겸 물 마시고 아까 내렸던 승차장에서 다시 택시 잡아탔지? 위장에 있는 거 다 비웠으니 이제 걱정할 것 없겠다 싶어 목적지 말하고 곧바로 잠들었지. 근데 또 속이 울렁거리는 거라. 아, 이거 큰일 났다 싶어서 가방 막 뒤져보니까 비닐봉지가 하나 있대? 이거면 되겠다 안도하는 마음이 드는 순간 곧바로 위장에서 무언가 역류해서 곧바로 비닐 안으로 낙하. 보니까 아까 먹었던 물이랑 위에 남아 있던 것까지 다 나온 것 같더라고. 두 번째 토할 때는 정말 별로 힘도 안 들이고 술술 다 나왔다. 비닐봉지가 있었으니 망정이지. 아무튼 간밤엔 정말 별 희한한 일이 다 있었다네."

8. 꿈만 같은 시간이

에른스트가 출근하고 홀로 남은 저녁, 박대겸은 냉장고에서 며칠 전 먹고 남은 김치찌개를 꺼내 콩나물과 라면을 넣어 끓여 먹은 뒤 곧장 설거지를 끝냈다. 그러고 나서 거실에 있는 1인용 소파에 앉아 멍하니 SNS 타임라인을 훑고 있는데 갑자기 다이렉트 메시지가 도착했다는 알림이 떴다. 모르는 사람이었다. 피싱 메시지라 생각한 박대겸은 메시지를 삭제하려 했으나 프로필 이미지 속 얼굴이 왠지 모르게 낯이 익었다. 혹시나 하는 마음에 해당 계정에 들어가 프로필 이미지를 확대해서 보고 나서야 이 사람이 이틀 전 자신과 쵸이쵸이의 술자리에 끼어 술주정을 부렸던 사람이라는 걸 알게 되었다. 박대겸은 곧바로 메시지를 확인했다.

─안녕하세요, 대겸 님. 그제 왕십리역 인근 일식 주점에서 만나 타로도 보고 함께 술 마셨던 허아름이라고 합니다. 어느덧 이틀이나 지난 시점이긴 하지만 그날 무사히 잘 들어가셨는지 궁금하네요. 저는 어느 순간부터 필름이 끊겼는데 정신을 차리고 보니 제 방이더라고요. 두통이 심한 와중에도 마치 꿈을 꾼 것 같은 기분이 들었어요.

그렇게 두통과 몽롱함이 뒤섞인 와중에도 그날 있었던 일 중 몇 가지 장면이 핸드폰 속 사진처럼 선명하게 기억에 남아 있어서 이렇게 대겸 님께 메시지를 보내게 됐습니다. 그날 제가 추태를 부린 일에 대해 사과하지 않으면 안 될 것 같아서요. 연락처를 주고받지는 않았지만 당시 대겸 님이 SNS 계정을 알려주셔서 이렇게 사과의 메시지를 보낼 수 있게 되었습니다.

그날은 무엇에 씌었는지 모르겠어요. 왜 그렇게 주체 못 하고 술을 마셨는지, 뭐가 신이 나서 마구 떠들어댔는지. 이제 와서 말해봤자 변명이나 거짓말처럼 보이겠지만, 술을 즐기는 편이기는 해도 과음은 하지 않는 편이거든요. 과음할 때 어떤 주사를 부리는지 친구가 찍어둔 영상을 확인하고 충격을 받았기 때문에…….

그런데 거의 10년 만에 또 이런 일이 벌어지고 말았습니다. 세부적으로 하나하나 기억나진 않지만, 아까도 말했듯 몇 가지 장면이 뇌리에 새겨져 있어 저를 죄책감과 수치심에 몸부림치게 하네요. 대겸 님뿐 아니라 쵸이쵸이 님께도 사과의 말씀을 전하고 싶지만 연락할 방도가 없네요. 대겸 님의 SNS 계정을 알았기에 이렇게 메시지를 보낼 수 있게 됐습니다.

그날은 너무 민폐를 많이 끼친 것 같습니다. 다시 한번 사과드립니다.

아무쪼록 평안한 나날 보내시길 바랍니다.

박대겸은 진정성이 느껴지는 허아름의 메시지를 두 차례 더 읽고 나서, 너무 죄책감 느낄 필요 없다, 술자리에선 누구나 어떤 기분에 휩쓸려 과음하거나 술주정을 부릴 때가 있지 않느냐, 조금 당황하긴 했지만 이미 지나간 일이고 크게 개의치 않으니 더 이상 미안해하지 않아도 괜찮다, 쵸이쵸이에겐 대신 전해두겠다, 허아름 님도 평안한 나날 보내길 바란다는 내용을 담아 답장을 남겼다.

박대겸은 지난 술자리에서 자신이 소설가이며 작년과 올해 이런 소설책을 냈다며 SNS 계정을 보여준 기억을 떠올렸다. 허아름은 자기도 소설을 좋아한다며 조만간 꼭 사 보겠다고 말하기도 했다. 물론 술자리 초반, 아직 분위기가 좋았을 때의 이야기였다. 계정을 보여주긴 했지만 계정 주소까지 알려주진 않았는데 어찌저찌 검색해서 찾아냈으리라 추측했다. 며칠 전 술자리의 해프닝은 이토록 훈훈하게 마무리되는구나. 박대겸은 그렇게 생각했다. 하지만 그것은 끝이 아니라 시작이었다. 이튿날 허아름에게 다시 메시지가 온 것이다.

―대겸 님, 아니 작가님이라고 불러야 할까요. 그제 주문한 작가님의 『그해 여름 필립 로커웨이에게 일어난 소설 같은 일』이 어제 도착해서 읽기 시작했고 오늘 다 읽었어요. 정말 아름답고 슬픈, 제목 그대로 '소설 같은 소설'이네요. 필립 로커웨이가 겪은 일들, 그리고 그의 속마음을 읽고 있으려니 말이에요. 덩달아 마리아 히토미가 일본에서 어떤 일을 겪을지, 어떤 감정의 변화를 겪을지 궁금해졌어요.

허아름은 소설에 대한 감상을 남기고 나서, 오랜만에 너무 자기 취향의 소설을 읽어서 기분이 좋다고 하며 다른 책들도 읽어보겠다고 덧붙였다. 비록 진정성이 담긴 장문의 사과 메시지를 보내고 이튿날 자기 소설에 대한 긍정적인 감상을 남겼다고 한들, 며칠 전 술자리에서 안하무인으로 자기 말만 늘어놓으며 쵸이쵸이에게 스킨십 하던 이미지가 강하게 남아 있던 박대겸으로선 허아름의 메시지가 한편으로는 기분이 좋은 반면 다른 한편으론 어떤 식으로 대꾸해야 할지 갈피를 잡기 어려웠다. 얼마간 고민하던 박대겸은 읽어봐주셨다니 정말 감사합니다, 정도의 선에서 적당히 마무리할 수밖에 없었다. 설마 또 메시지를 보내지는 않겠지, 하는 박대겸의 기대를 배반하듯, 허아름은 말로만 다른 책들도 읽어보겠다고 한 것이 아니라 실제로 구입해서 인증숏과 함께 『픽션으로부터 멀리, 낮으로부터 더 멀리』의 각 단편에 대한 감상을 보냈고, 며칠 뒤 『부산 느와르 미스터리』의 인증숏과 감상까지 길게 보내왔기에 박대겸으로서는 점점 허아름이 술주정 부리던 날의 이미지가 옅어질 수밖에 없었다. 옅어진 이미지를 대신한 건 허아름이 자신의 소설을 꼼꼼히 읽는 사람이라는 이미지, 더 나아가 자신의 소설을 애정하는 사람이라는 이미지였다. 여기에서 그쳤으면 좋았겠건만 독자에게 이런 관심을 난생처음 받아본 박대겸으로서는 그만 허아름이 자기 자신에 대해 관심을 갖고 있다고 착각하는 지경에 이르렀다.

  처음 메시지를 보내왔을 때만 해도 예의상 보냈으리라 여겼어. 자기가 잘못을 저질렀으니 사과의 말을 남기고 싶었겠지. 그럴 수 있어. 하지만 허아름은 거기에서 그치지 않았어. 허아름은 정말로 내 소설에 관심이 있고 내 소설을 좋아하는 독자야. 그러니까 이렇게 작품 하나하나에 감상을 남기지. 첫 만남은 비록 기괴했지만 사실은 운명적인 만남이었을지도 몰라. 그래, 이건 어쩌면 드라마에서나 나올 법한 첫 만남일지도 몰라. 잔뜩 술주정을 부린 여자와 그 추태에 치를 떨고 술자리에서 도망친 남자. 하지만 여자는 자신의 잘못을 사과하며 남자에게 자꾸만 메시지를 보내고, 어느 순간부터 남자는 여자를 다르게 보게 되고, 여자 역시 남자에 대한 마음이 작지 않다는 사실을 깨닫게 되고, 그리하여 둘의 관계는 차츰…….

그 순간 박대겸의 머릿속에는 쵸이쵸이가 타로를 봐줄 때 했던 말도 떠올랐다. 80장 중에 딱 두 장 있는 황금 카드를 골랐을 때, 거기엔 단순히 금전적인 의미뿐 아니라 인연의 의미도 있다고 한 말이었다.

아직 10월이 되려면 한 달 정도는 더 기다려야 했지만 박대겸은 이미 긍정적인 망상 회로에 빠져 자신이 뽑은 황금 카드가 다름 아닌 허아름이라고 받아들였다. 걸핏하면 혼자 흐뭇하게 웃음꽃을 피우며 긍정적인 망상을 이어가던 박대겸은 마침내 허아름에게 먼저 메시지를 보내게 되었다.

―제 소설 좋아해주시니 너무 고마워서 식사 대접이라도 하고 싶은데 혹시 괜찮으실까요? 직접 만나서 소설 이

야기며 이런저런 이야기 나누고 싶기도 하고…….

몇 시간 뒤 허아름에게 괜찮다는 긍정적인 답변이 왔을 때, 박대겸은 뛸 듯이 기쁜 마음을 넘어 실제로도 거의 50센티미터 가까이 뛰어오르기까지 했다.

그리하여 마침내 찾아온 약속의 날. 장소는 우이천이었다. 허아름이 박대겸의 SNS에 올려둔 우이천 사진을 보고 한번 가보고 싶다고 말했기 때문이다.

둘은 오후 5시쯤 수유역에서 만나 천천히 걸어 우이천에 당도했다. 9월이긴 했지만 여전히 여름이었고, 아직 해가 지지 않았기에 후덥지근한 느낌이 들었다. 우이천 변에는 걷거나 뛰는 사람, 자전거를 타는 사람, 배드민턴을 치는 사람이 꽤 많았고 하천에 발을 담그고 있는 사람들도 있었다. 둘은 그동안 어떻게 지냈는지 안부 인사를 나누고 나서 주로 박대겸의 소설에 대한 이야기를 나눴다. 그러고 나서 둘리와 도우너와 또치와 희동이의 동상과 뒤이어 이어진 〈아기공룡 둘리〉를 테마로 한 긴 벽화를 보며, 왜가리가 물고기를 잡으려다 실패해서 물만 몇 차례 머금는 모습과 민물가마우지가 물속에서 빠르게 이동하는 모습을 보며, 차츰 주홍빛으로 물드는 하늘과 어느새 눈앞으로 다가온 높고 푸른 북한산을 보며, 잠시 벤치에 앉아 하천 변을 걸어 다니는 사람들과 하천 맞은편 벤치에서 푸시업 하는 남자와 뭐가 그리 재밌는지 깔깔대며 지나가는 여고생들을 보다가 다시 일어나 우이천 변을 천천히 걸었다.

박대겸으로서는 그 모든 시간이 정말 꿈만 같았다. 오후 5시 즈음 수유역에서 출발하여 우이천 변을 걷다가, 덕성여대 쪽으로 올라와 근처 식당에서 저녁을 먹고 카페에서 차를 마시며 끊어지려야 끊어지지 않는 대화를 이어가던 중 밤바람이 시원하니 조금 더 걷자고 하여 북쪽으로 걷다가, 방학로를 따라 오른쪽으로 걸어가 마주한 아주 짧은 터널, 30미터가 채 될까 말까 한 아주 짧은 터널, 박대겸은 왠지 모르게 이것 참 21세기 K-펑크스러운 터널이네, 라고 생각했지만 허아름은 일본 괴담에 나올 것 같은 살짝 으슬으슬한 터널 같아요, 라고 말한 바로 그 터널을 배경으로, 여기까지 온 김에 사진이나 한 장 찍을까요, 라는 허아름의 제안에 박대겸은 그렇게 하자며 자신의 핸드폰으로 둘의 셀카 사진을 몇 차례 찍고 나서 나중에 SNS로 사진을 보내주겠다고 말하던 꿈만 같은 시간이, 터널을 지나고 나서 허아름이 지금 공기의 분위기와 왠지 어울릴 것 같다며 무선 이어폰을 나눠 끼고 들은 아오바 이치코의 〈이키노코리 보쿠라〉, 즉 '살아남은 우리들'이란 제목의 노래를 들으며, "겨우 다다른 여기는 커다란 일본 가옥 기나긴 터널을 빠져나올 때까지 무서웠어"라는 노랫말을 들으며, "몸을 맞대고 따뜻한 온기를 끌어안으며 커다란 산기슭에는 죽은 자의 나라"라는 노랫말을 들으며, "살아남은 우리들 살아남은 우리들"이라는 반복되는 노랫말을 들을 때까지 조금 더 이어지던 꿈만 같은 시간이, 다음에 또 연락하자는 인사를 마지막으로 4호선 쌍문역에서 헤어지고 집에 도착해 거실에 있는 의자에 홀로 앉아 지난 몇 시간 동안 있었던 일을 되새길 때까지 이어지던 꿈만 같은 시간이, 양치질을 하고 샤워를 하고 방으로 들어와 아까 터널 앞에서 찍은 사진을 허아름에게 보내줘야겠다고 생각하고 핸드폰 사진함을 확인하는 순간, 바로 그 순간, 마치 꿈처럼 사라지고 만다. 불과 두어 시간 전에 자신의 핸드폰으로 터널 앞에서 허아름과 찍은 사진이 감쪽같이 사라진 것이다. 오늘 저녁 허아름과 함께 보냈다는 사실을 증명할 유일한 물질적 자료인 핸드폰 사진이 사라진 것이다. 박대겸은 곧바로 SNS에 들어가 허아름에게 메시지를 보내려 했지만 허아름의 계정도 이미 사라지고 없었고, 심지어 메시지를 주고받던 창 자체도 사라지고 없었다.

박대겸은 고개를 갸웃하는 수준을 넘어 몸 자체를 45도 이상 기울이는 수준을 넘어 사고 처리 능력이 45퍼센트 이상 감소하는 느낌을 받았다. 아무리 생각해도 이상한 일이지 않은가. 허아름이 더 이상 나와 연락을 주고받고 싶지 않아 헤어지고 집으로 가는 길에 SNS 계정을 폭파시켰다? 그것 자체도 믿을 수 없는 일이지만 완전히 불가능한 일은 아니기에 그건 받아들일 수 있다. 그렇다고 치자. 하지만 상대방이 계폭했다고 한들 대화창까지 사라지는 건 도대체 어떤 연유에서란 말인가. 아니, 그것조차 너그러운 마음을 최대한 발휘하여 네트워크상의 문제, 혹은 SNS 서버상의 문제로 완전히 불가능한 일은 아니라고 넘어갈 수도 있다. 그렇다고 치자. 하지만 내 핸드폰으로 찍은 사진은 왜 사라지고 없단 말인가. 분명 내 핸드폰으로 찰칵 찰칵 찰칵, 이름 모를 터널을 배경으로 둘의 사진을 몇 장이나 찍었음에도 왜 단 한 장의 사진도 남아 있지 않은가. 이건 도대체 어떤 기술적인 문제가 발생했기에 일어날 수 있는 일인가. 가능하기나 한 일인가.

박대겸은 방에서 나와 불 꺼진 거실을 뱅글뱅글 돌며 설마 지난 몇 시간 동안 있었던 일이 정말로 꿈이었는지, 허아름이란 존재가 사실은 자신의 망상이 만들어낸 가상의 존재가 아닌지, 지난 며칠 동안 허아름과 주고받은 메시지가 사실은 현실에서 일어난 일이 아니라 지금 쓰고 있는 소설 속 허구가 아닌지 집요하게 고민하다가, 구역질이 날 것 같은 기분이 들어 화장실로 달려갔지만 헛구역질만 할 뿐 아무것도 나오지 않아 물로 입을 헹구고 다시 나와 불 꺼진 거실을 뱅글뱅글 돌며 지난 몇 시간 동안 있었던 일이 꿈인지 현실인지 판가름하려 하다가, 허아름이란 존재가 실존 인물인지 자신의 망상 속 인물인지 판가름하려 하다가, 허아름과 주고받은 메시지가 소설 속 허구인지 현실 속 사실인지 판가름하려 하다가, 그만 부하가 걸린 컴퓨터가 돌연 뻗어버리는 것처럼 갑자기 우뚝 멈춰 서더니, 스르르륵 바닥에 쓰러지고 말았다.

9. 데이트였네, 데이트였어

쌍문역에서 방금 허아름과 헤어졌고 나는 개찰구 옆에 있는 의자에 앉아 오늘 있었던 일을 기록하려 한다. 어디서부터 적으면 좋을까. 수유역에서 허아름과 만난 순간부터 시작할까.

그냥 떠오르는 것부터 빠르게 적어보자.

허아름은 지난 술자리에서도 그랬지만 술을 마시지 않고도 기본적으로 텐션이 높은 편에 낯가림 없이 이야기도 잘하는 타입이라 오늘 처음 단둘이 만나서도 아무런 어색함 없이 대화를 나눌 수 있었다. 당연히 MBTI가 외향형인 E라고 생각했는데 본인은 내향형인 I라고 했다. 그러면서 마당발이라고 했다. 자신을 마당발이라 인식하는 내향형

인물이 존재할 수 있는지 모르겠지만.

각설하고.

내 소설에 대해서는 이미 메시지를 통해 몇 차례 말하기도 했는데 오늘 만나 새롭게 들은 이야기 중 기억에 남는 내용은, 단편집 『픽션으로부터 멀리, 낮으로부터 더 멀리』 중에선 처음 세 편, 즉 「마치 내가 빛이 된 듯이」 「소리가 또 시작되었다」 「빛의 암호」가 이야기 톤도 다르고 장르도 다르지만 한 호흡으로, 하나의 큰 서사로 묶어서 읽을 수 있어서 좋았다고 했다. 단편 순서를 공들여 배치한 보람을 느꼈다. 그리고 세 편에서 공통적으로 군인 혹은 군을 제대한 사람의 인식이 드러나는 점이 눈에 띈다고 한 말이 인상적이었다. 나로선 전혀 인식하지 못한 점이었는데. 역시 창작물이란 세상에 내보이는 순간 어느 정도는 작가의 손에서 벗어나는 면이 있는 것 같다. 그리고 『그해 여름 필립 로커웨이에게 일어난 소설 같은 일』에선 곰 이야기가 나오는 에피소드에 대해 집중적으로 말했다.

에피소드에 담긴 숨은 의미가 읽혀서 좋았어요. 허아름이 말했다.

어떤 숨은 의미요? 내가 물었다.

그 부분을 읽으면서, 어쩐지 필립과 마리아가 헤어질지도 모르겠다는 생각이 들었거든요.

곰 에피소드는 초반부에 나오는데 그때부터 이미 그런 생각이 들었다고요?

그냥 왠지 모르게 그런 느낌이 들었어요. 그리고 어쩌면 필립이 소설을 쓸 수 있을지도 모르겠다는 생각도 들었고.

초반부 쓸 때까지만 해도 앞으로 둘의 관계가 어떻게 전개될지, 필립이 소설을 쓸지 어떨지 난 전혀 예상 못 했는데, 대단한데요.

그리고 필립이 만약 소설을 안 쓴다면 마리아와 계속 만날 수도 있겠다고 생각하기도 했어요.

그러니까 허아름은 곰 에피소드와 필립의 소설과 둘의 연애가 긴밀하게 연동돼 있다고 보고 있었는데, 역시 흥미로운 해석이다.

수유역에서 만나 골목길을 걷다가 우이천을 따라 걷다가 둘리 애니메이션에 나오는 캐릭터들의 동상을 보면서, 쟤네 왠지 사람 안 다니는 새벽 시간에 몰래 이곳저곳 돌아다닐 것 같지 않나요? 라고 우스갯소리를 하던 모습이 떠오르네. 그래서 내가 동상과 조금 떨어진 곳에 있는 둘리 캐릭터들 벽화를 보며, 아까 그 둘리 동상이랑 여기 있는 둘리 벽화랑 사람 없는 새벽에 만나서 같이 술래잡기라도 할지 누가 알아요, 라고 농담했고. 아재 개그라고 코웃음 칠 뻔하기도 한데 그러기는커녕 나중에 정말 사람 안 다닐 법한 새벽 3시쯤에 몰래 저 다리 위에서 지켜보지 않을래요? 라고 받아치기도 했지.

데이트였네, 데이트였어.

맞아, 허아름은 어렸을 때 쌍문동에 살았다고 했지. 그래서 방학로 타고 내려와 시루봉로로 꺾어서 계속 걷다가 선덕고교입구 교차로 지나고 휴관 중인 둘리뮤지엄 지날 때, 어린 시절에 둘리뮤지엄에 종종 갔던 기억이 있다고 했어. 그러면서 지금은 휴관 중이라 못 들어가지만, 이라고 덧붙였다가 약간 장난스러운 표정을 짓더니 몰래 한번 들어가볼래요? 라고 제안하기도 했고. 그러고 나서 숭미초교 교차로에서 오른쪽으로 꺾어 노해로를 조금 걷다가 길을 건넜고, 쌍문3동의 골목, 삼사 층짜리 주택 건물들이 이어져 있는, 약간의 오르막과 내리막이 이어지는, 자꾸만 어딘가로 꺾여서 도대체 어디로 향하는지 알 수 없는 듯한 골목을 걸었어.

매일 걸으면서 보던 우이천 주변의 풍경이 그토록 다르게 보일 수 있었던 이유는 아마도 옆에 허아름이 있었기 때문이겠지. 평소에 자주 보던 흰뺨검둥오리도 왜가리도 쇠백로도 중대백로도 청둥오리도 원앙도 민물가마우지도 왠지 모르게 다르게 보였어. 해 지고 나서야 간간이 보이던 해오라기까지 본 하루였구나.

덕성여대 쪽에서 올라와 근처 한식집에서 저녁을 먹었고, 반주로 술 한잔 할까 하다가 왠지 첫 만남의 기억이 서로에게 남아 있기도 하고 술 없이도 충분히 대화가 잘 이어졌기에 굳이 주문하지 않았고, 이후 프랜차이즈 카페로 가서 널찍한 2층에 앉아 이야기를 계속 나눴어. 영상으로 녹화해 편집 없이 다시 보고 싶은 시간들. 이십대 남자들이 카페에 우르르 몰려와 시끄럽게 떠들어대는 통에 조용히 대화를 나누기가 어려워 자리를 옮기자고 했더니 오랜만에 이 동네 와서 좋다며 조금 더 걷자고 해서 걷기 시작한 시간이 밤 10시쯤이었던가. 삼양로를 따라 걷다가 솔밭근린공원을 지나고 우이신설선 솔밭공원역을 지나 계속 걷다가 북한산우이역에서 방학로 쪽으로 꺾어 언덕길을 올라가다가 어쩐지 마이조 오타로의 호러 소설에 나올 법한 터널 앞에 다다랐어.

우와, 여기 분위기 되게 독특하네요. 터널이 조금만 더 길었으면 살짝 무서웠을 뻔. 내가 말했어.

왠지 사이버 K-펑크스러운 느낌 들지 않아요? 허아름은 그렇게 말하고 나서 뭐가 웃긴지 혼자 크크크 하고 웃었어.

사이버 K-펑크스러운 느낌이 뭔지는 모르겠지만 왠지 모르게 알 것 같기도 하네요, 라고 말하고 나서 나도 하하하, 웃고 나서 바지 주머니에서 핸드폰을 꺼내 사진을 찍었어. 그냥 왠지 터널을 사진으로 찍고 싶었으니까. 가로로도 찍고 세로로도 찍고. 그러자 내 모습을 본던 허아름이 이렇게 물었어.

괜찮으시면 같이 사진 찍지 않을래요?

정말요? 저야 좋죠.

나는 그렇게 말하며 핸드폰을 셀카 모드로 전환했고, 터널을 배경에 두고 사진을 찍었어. 하지만 호쾌하게 '저야 좋죠'라고 말한 것치고는 평소 셀카를 거의 찍지 않았기에 표정도 팔의 각도도 어색하기 짝이 없었고, 그런 나를 의식하지 않을 수 없었던 허아름이 대겸 님 왜 이렇게 어색하세요, 표정 좀 풀고, 라고 말하며 내 핸드폰을 들고 몇 차례 더 사진을 찍었어.

자동차 말고는 아무도 걸어 다니지 않는, 길이가 30미터가 채 될까 말까 한 터널을 지나고 나자 내리막길이 시작됐는데, 그 순간 허아름이 갑자기 지금 여기, 지금 밤공기와 딱 어울리는 노래가 떠올랐어요, 라고 말하며 자리에서 멈춰 선 채 자신의 핸드폰을 만지작거리더니 플레이시켰어.

제목이 뭐예요? 내가 물었지.

일본 노랜데요, 이키노코리 보쿠라, 라는 제목. 허아름이 말했지.

살아남은 우리들, 이라는 제목이라니.

잠시 후 핸드폰 스피커로 노래가 흘러나왔고, 엄청 맑으면서도 촉촉한 지금의 밤공기와 대단히 잘 어울리네요, 내가 말하자, 맞죠? 음색이며 멜로디며 지금 분위기와 너무 잘 어울려요, 허아름이 말했지.

우이동과 방학동과 쌍문동을 가로지른 밤의 도보. 평소라면 하지 않았을 경로의 길고 즐거웠던 산책. 허아름은 현재 인쇄회사에서 사무직으로 일하고 있는데 진로 문제로 고민 중이고, 어쩌면 조만간 일을 그만둘지도 모르겠다고 말했다.

여기까지 메모를 끝냈을 때 시간은 밤 12시였다. 나는 역사 밖으로 나와 집으로 향했다.

불 꺼진 시장 골목과 문 닫힌 상점가를 지나며 룰루랄라, 바닥에서 3센티미터쯤 떠 있는 듯한 가벼운 발걸음.

오늘 이전 마지막으로 누군가와 데이트를 한 게 언제였는지 기억도 잘 나지 않는다.

한 5년쯤 전이었나?

마지막 데이트가 언제였는지가 그리 중요한 일은 아니겠지. 오늘 나는 허아름을 만났고, 5시부터 11시 20분까지 무려 여섯 시간 20분 동안 데이트를 했다. 첫 만남에서 느낀 불쾌함은 온데간데없이 사라졌고, 눈앞엔 핑크빛 필터가 낀 것 같고 귓가엔 밝고 아름다운 메이저 선율이 들려올 것 같다.

아파트와 주택과 빌라가 늘어선 골목을 지나 룰루랄라, 이제 곧 집에 도착한다. 에른스트는 아마 없을 테니 오늘 있었던 꿈만 같은 일은 내일이나 돼야 에른스트에게 말할 수 있을 것이다.

삑 삑 삑 삑, 아파트 현관 비밀번호를 누르고 문이 열리는 순간, 건물 안에서 누군가 빠르게 뛰어나와 부딪힐 뻔하지만 가까스로 피했고, 밤중에 뭐가 저렇게 급하길래 위험했잖아, 살짝 화가 날 뻔하지만 혈류를 흐르는 핑크빛 메이저 선율 덕에 기분은 상하지 않은 채 엘리베이터에 탑승.

띵, 하는 경쾌한 소리와 함께 엘리베이터 문이 열렸고, 엘리베이터에서 내려 에른스트와 함께 사는 집까지 가는 가벼운 발걸음, 까지는 좋았으나 문 앞에 서서 삑 삑 삑 삑 삑 삑, 여섯 자리 비밀번호를 누르고 문고리를 잡는 순간 느껴지는 왠지 모를 위화감, 핑크빛이 아닌 회색빛, 아름다운 메이저 선율이 아닌 불규칙하고 시끄러운 디지털 잡음. 어디서 들려오는지 알 수 없는, 문을 열면 안 돼 문을 열면 안 돼 문을 열면 안 돼, 반복적인 속삭임에 잠깐 멈칫, 하지만 문을 열지 않고 내가 지금 여기서 할 수 있는 일은 없었기에 문을 열었고, 열린 문 사이로 한 남자가 서 있어서 움

찔, 했지만 그 남자가 팔짱을 낀 에른스트라는 사실을 알아챘다. 휴우, 절로 새어 나오는 한숨.

뭐야, 왜 여기 서 있노?

내 물음에 에른스트는 시선을 아래로 떨군다. 그의 시선을 따라 눈길을 옮기자 한 남자가 바닥에 쓰러져 있다.

뭐고, 아는 사람이가?

이어지는 내 질문에 에른스트는 천천히 고개를 주억거린다. 내가 묻는다.

누군데?

그러자 에른스트가 나를 빤히 바라본다.

왜?

내가 다시 한번 묻는다.

에른스트가 크게 숨을 내쉬며 말한다.

도대체 뭐가 뭔지 모르겠군.

아는 사람 아니가?

맞긴 맞는데…….

근데?

아파트 들어올 때 누구 마주친 사람 없어?

마침 현관등이 꺼져서 손을 흔들어 다시 불을 켜며 현관에 들어올 때 부딪힐 뻔한 사람을 떠올린다.

뭐가 그리 급한지 후다닥 뛰어나오는 사람이 하나 있긴

있었네.

그 사람 얼굴은 봤어?

못 봤지.

하긴.

자꾸 왜 말을 돌리노, 답답하게, 라고 말하며 아래쪽으로 시선을 돌려 등을 보이며 쓰러져 있는 남자를 바라본다. 실제로 본 적은 없지만 왠지 모르게 낯이 익은 듯한 느낌이 드는 누군가의 뒷모습. 도대체 뭐가 어떻게 된 일이지, 벌써 몇 명째지, 라고 중얼거리는 에른스트를 뒤로하고 나는 실제로 본 적은 없지만 왠지 모르게 낯이 익은 느낌이 드는 누군가 쪽으로 다가가 무릎을 굽힌다. 팔을 뻗어 그의 몸을 일으켜 세우려 하지만 완전히 정신을 잃었는지 일으켜 세우기가 만만찮다. 에른스트는 도대체 뭐가 어떻게 된 일인지 알 수 없다며 중얼거리고 있고, 나는 왠지 모르게 낯이 익은 이 사람이 누구인지 알 것 같은 느낌을 받는다. 입고 있는 티셔츠며 바지며, 내가 평소 집에서 입던 옷이다. 심지어 체형이며 머리 스타일이며, 나와 완전히 똑같다.

나는 떨리는 다리에 힘을 주고 자리에서 일어나, 마침 불이 꺼진 현관등을 향해 다시 손을 흔들고, 불이 켜지고 나서 에른스트를 바라본다.

설마 이 사람…… 내 맞나? 라고 묻자 흐음, 하고 길게 한숨을 내쉬더니 에른스트가 천천히, 두 차례 고개를 끄덕인다. 그리고 그 순간, 등 뒤의 현관문에서 삑 삑 삑 삑 삑 삑, 여섯 자리 버튼 누르는 소리가 들린다.

10. 다리에 힘이 풀려 주저앉고 말았다

박대겸은 집에서 나와 길 건너편 편의점에서 500밀리리터 캔하이볼을 사서 우이천 산책길에 접어들자마자 뚜껑을 열고 벌컥벌컥 들이켰다.

하이볼은 맛있구나. 역시 내 미각은 잘 작동하고 있어.

박대겸은 맛있게 하이볼을 마실 때는 언제고 갑자기 뭐가 못마땅한지 인상을 잔뜩 찌푸리더니, 내 미각은 잘 작동하고 있단 말이다! 누구한테 강변이라도 하는 듯 외쳤다. 그러고 나서 불과 두어 시간 전, 허아름과 함께 소주를 얼마나 마셨는지 돌이켜보았다.

둘이 합해서 고작해야 세 병이야. 거의 비슷한 페이스로 마셨으니 각자 한 병 반 정도 마셨다고 할 수 있겠지. 저녁

6시부터 얼추 세 시간 반 동안 한 병 반. 고작 그거 마셨다고 내가 취했다? 그럴 리가 없지!

그렇게 생각하며 다시 캔하이볼을 두어 모금 꿀꺽꿀꺽 삼켰다. 그러고 나서 특별한 목적도 없이 우이천 상류 쪽을 향해 걷기 시작했다. 어쩌면 몇 시간 전 허아름과 같은 곳을 걸었을 때의 좋은 기억이 무의식에 남아 부지불식간에 그렇게 했는지도 모른다.

밤 12시가 다 되어가는 시간이었음에도 우이천 변에는 운동하는 사람들이 제법 눈에 띄었다. 무리를 지어 달리거나 운동기구 근처에서 근력 운동을 하는 사람들. 도시의 밤은 어두워질 틈이 없었고, 그 틈을 타서 많은 것들이 끼어들었다. 박대겸은 생각했다. 사람들의 땀 냄새도 나고 누군가 지린 오줌 냄새도 나. 미각뿐 아니라 후각도 잘 작동하고 있어. 약간 서늘해진 밤공기도 느껴지는 걸 보면 촉각도 잘 작동하고 있는 게 틀림없어. 그리고 청각. 조금 떨어진 도로에서 달리는 차 소리도 잘 들리고, 방금 뜀박질하며 지나간 사람의 거친 호흡 소리까지 잘 들렸어. 청각도 잘 작동하고 있어. 오로지 시각만이 제대로 작동하지 않았던 걸까. 하지만 한밤임에도 그리 어둡지 않은 우이천 산책로를 아무 어려움 없이 걷고 있는 걸 보면 시각도 제대로 작동하고 있는 것 같아. 그렇다면 방금 현관에서 본 장면은 도대체 무어란 말인가. 박대겸은 허아름과 기분 좋은 데이트를 끝내고 집에 들어갔을 때 마주한 그 황당무계하고도 무시무시한 상황을 떠올렸다. 이성적으로 이해할 수도 없고 정신을 잃고 쓰러질 수도 없어 그만 집 밖으로 뛰쳐나올 수밖에 없었던 그 순간을.

박대겸은 어느새 얼마 남지 않은 하이볼을 단숨에 들이켰다. 그러고 나서 빈 캔을 어디에 버리면 좋을지 주변을 두리번거렸고, 문득 자신이 쓰레기를 무단 투기 하지 않아야겠다고 생각할 만큼 정신이 멀쩡하다는 사실을 깨달았다. 약간 취기가 남아 있는 상태임에도 규범을 제대로 준수해야겠다고 생각할 만큼 정신 상태가 온전하다는 사실을 새삼 자각했던 것이다.

그래, 그렇다면 내가 착각했을 리 없어. 어떤 이유에서였는진 몰라도 에른스트가 나를 놀래키려고 장난쳤던 게 분명해. 나는 에른스트의 의도대로 까무러칠 만큼 놀랐고, 두려움을 느낀 나머지 집 밖으로 뛰쳐나올 수밖에 없었어.

박대겸은 문득 근처 공중화장실에 쓰레기통이 있다는 사실을 떠올리고 그쪽으로 가서 빈 캔을 버렸다. 그리고 빈 캔이 플라스틱 쓰레기통 안에 들어가는 순간, 왠지 모를 울화가 치밀어 몸이 부들부들 떨렸다. 그것을 굳이 언어로 표현하자면, 자신은 술을 마셔 약간의 취기가 있는 상태임에도 쓰레기를 길바닥에 버리면 안 된다는 생각에 냄새나는 공중화장실까지 찾아와 쓰레기통에 쓰레기를 버릴 만큼 모범 시민임에도 불구하고 에른스트는 이런 자신에게 터무니없는 장난을 친 데 대한 울화였다.

박대겸은 거칠게 씩씩거리며 화장실 밖으로 나왔는데 거기서 전혀 예상하지 못한 무엇을 발견하게 된다. 아까 허아름과 산책할 때 봤던 둘리와 둘리 친구들의 동상이 눈에 들어온 것이다. 박대겸의 머릿속에선 허아름이 했던 말이 재생되었다.

사람 없는 새벽 시간이면 애네들이 몰래 움직일지도 몰라요.

절로 코웃음이 나는 말이었다. 박대겸은 둘리 동상 쪽으로 다가가 난데없이 동상의 뒤통수를 탕 때리며 중얼거렸다.

"움직일 수 있으면 움직여보시지."

이성이 있는 사람이라면 누구나 예측할 수 있듯, 둘리 동상은 움직이지 않았다. 하지만 박대겸에겐 이 상황이 불난 집에 부채질하는 효과를 일으켰다. 에른스트의 터무니없는 장난에 울화가 치민 상태에서 둘리 동상까지 자신을 모욕하고 있다고 받아들인 것이다.

박대겸은 꼼짝도 하지 않는 둘리 동상의 정면에 마주 섰다. 그러자 귀엽게 생긋 웃고 있는 둘리의 얼굴이 눈앞에 보였고, 그 모습을 본 박대겸은 더욱 화가 치밀고 말았다. 기분 나쁜 놈, 뭐가 좋다고 저렇게 히죽거리고 있는 거지! 날 놀리는 건가! 눈은 왜 저렇게 동그랗게 뜨고 있고 혓바닥은 왜 저렇게 삐죽 내밀고 있는 거야! 둘리 무리가 있는 동상 근처를 왔다리 갔다리 하며 씩씩거리던 박대겸은 다시 동상 쪽으로 다가가더니 조용히 한마디 건넸다.

"네가 날 놀리고 있는 게 분명하겠다."

동상이었으므로 당연하게도, 둘리는 박대겸의 말에 아무 대꾸도 하지 않았다.

"네가 내 말을 씹고 있는 게 틀림없겠다!"

박대겸은 신경질적인 목소리로 둘리 동상을 향해 외쳤고, 산책로를 거닐던 사람들이 그런 그를 흘끔흘끔 쳐다봤다. 하지만 주변의 시선 따윈 아랑곳하지 않은 채 한동안 둘리를 노려보던 박대겸은 갑자기 오른손을 들어 올리더니 힘껏 둘리의 싸대기를 날렸다.

타앙.

동상이었으므로 당연하게도, 아픈 건 박대겸 쪽이었다. 박대겸은 손바닥이 빨갛게 달아올랐음에도 차마 아픔을 드러내지 못한 채 눈을 동그랗게 뜬 둘리를 노려보며 씩씩거릴 뿐이었다.

"고얀 놈 같으니라고, 나이도 어린 것이! 어디 어른이 말하는데 혓바닥이나 날름거리고!"

캐릭터 설정상 둘리의 출생은 1983년생. 이미 만으로도 마흔이 넘은 둘리가 몇 살 위였지만 그런 사실을 알 턱이 없는 박대겸은 '나이도 어린 것이!'라고 고함을 치면서 다시 한번 오른손을 치켜들었다. 하지만 여전히 느껴지는 손바닥의 통증 탓에 슬그머니 주먹을 쥘 수밖에 없었고, 기왕 치켜든 손이었기에 어떻게든 하지 않으면 안 되겠다 조바심이 난 박대겸은 한 계단을 올라 둘리 옆쪽에 서더니 머리에 꿀밤을 먹였다. 힘 조절을 한다고는 했으나 자기도 모르는 사이 힘이 들어갔는지 가운뎃손가락 뼈마디가 욱신거렸다. 하지만 박대겸은 아프다는 내색도 하지 못한 채 다시 계단을 내려와 둘리 동상과 마주했다.

그때였다. 갑자기 둘리 동상의 눈이 끔뻑, 위아래로 움직이더니 내밀고 있던 혓바닥을 입안으로 쏙 집어넣으며 고개를 뒤로 젖힌 것이다. 둘리는 우드득우드득 소리를 내며 고개를 좌우로 돌렸고, 잠자코 옆에 앉아 있던 도우너 역시 우드득우드득 소리를 내며 자리에서 일어나 "네놈이 우리 둘리 형님을 건드렸겠다!" 위협적인 목소리로 외쳤다. 어이없는 상황에 박대겸은 침을 꼴깍 삼키기만 할 뿐 그 어떤 반응도 할 수 없었는데, 도우너의 말에 뒤이어 쪽쪽이를 입에 문 희동이 역시 무어라 웅얼거리더니 "이 재수 없는 놈아!

이 나쁜 새끼야!" 깜짝 놀랄 만한 비속어를 내뱉었기에 더더욱 뭐가 어떻게 된 영문인지 알 수 없는 와중, 마침내 〈아기공룡 둘리〉의 주인공이자 도봉의 터줏대감, 우이천의 지킴이 둘리가 위풍당당하게 자리에서 일어나 지옥의 염라대왕도 얼어붙을 만큼 무시무시한 기운을 내뿜으며 박대겸을 노려봤다.

박대겸은 지금이라도 납작 엎드려서 제가 잘못했습니다, 둘리 님, 한 번만 용서해주세요, 제가 잠깐 정신이 나갔나 봐요, 정말 잘못했어요, 그게 아니라 사실은 아까 마음에 드는 여자와 기분 좋게 데이트를 했는데 집에 도착했더니 에른스트가 터무니없는 장난을 친 게 아니겠어요? 저는 그것도 모르고 겁에 질린 나머지 집 밖으로 뛰어나왔는데, 아, 에른스트는 저와 함께 살고 있는 하우스메이트인데요, 이제 하우스메이트로 지낼 날도 두어 달밖에 남지 않아서 저도 집을 구해봐야 하는데 나이만 먹었지 모아둔 돈이 한 푼도 없는 처지 아니겠어요? 그러니까 어쩌면 제 분노와 울화는 제 현재 상황 때문…… 이라고 변명을 늘어놓고 싶었으나 마치 입술이 꿰매어지기라도 한 듯 한마디 말도 나오지 않았고, 혹시나 해서 손가락으로 입술을 만져보니 실제로 입술이 꿰매어진 채 피가 줄줄 흘러나오고 있었다. 그즈음 주변에서 기괴하게 웅성이는 소리가 난다 싶어 둘러보니 어디서 왔는지 모를 수많은 둘리들이 박대겸을 향해 다가오며 마치 구호처럼 "네 죄는 네가 알렸다, 네 죄는 네가 알렸다!" 합창하며 포위하듯 둘러쌌다. 잔뜩 겁에 질린 박대겸은 입술을 꿰매고 있던 실을 뜯어내며 "잘못했어요, 제가 잘못했다고요!" 소리쳤지만 그들의 구호 소리는 줄어들 기미가 없었고, 그 와중에 박대겸은 양손으로 귀를 막으며 고개를 숙인 채 주변 상황을 살피려 고개를 빠르게 돌리다가 수많은 둘리 사이에서 자신과 몹시 닮은, 박대겸 본인이라고 해도 과언이 아닐 만큼 자신과 흡사한 사람을 발견하고 눈이 동그래졌다. 하지만 그것도 잠시, 사방을 둘러싸고 있던 둘리들이 압박하듯 다가왔고, 박대겸은 무릎을 꿇은 채 다시 한번 "잘못했어요! 다시는 둘리 님을 때리지 않을게요!"라고 호소하며 눈물을 흘렸다. 그 순간 박대겸 본인이라고 해도 과언이 아닐 만큼 자신과 몹시 닮은 자가 자신을 향해 손을 뻗더니 "빨리 이쪽으로!"라고 외치기에 그 손을 잡았고, 그 손에 이끌려 둘리들로 가득한 틈을 빠져나와 무작정 달리기 시작했다. 슬쩍 뒤돌아보자 어느새 3미터 정도로 커진 둘리, 도우너, 또치, 희동이 들이 우르르쾅쾅 우르르쾅쾅 소리를 내며 박대겸을 쫓기 시작했다. 이게 꿈이라면 어서 빨리 깨길, 이게 꿈이라면 어서 빨리 깨길, 이라는 박대겸의 간절한 바람이 무색하게 상황은 계속되었다.

그에 더해 자신의 손을 잡고 달리던 사람이 "도대체 지금 이게 다 무슨 상황인지 모르겠네요"라고 자신과 똑같은 목소리로 말하기에 흠칫 놀라며 옆을 바라봤는데, 단순히 자신과 흡사하게 생긴 수준이 아니라 자기 자신이라는 사실을 깨닫게 되었다. 굳이 따지자면 몇 년쯤 전의 자기 자신. 박대겸은 그만 다리에 힘이 풀려 바닥에 주저앉고 말았다. 옆에서 "여기서 이러고 있으면 안 돼요. 둘리 패거리가 지금 사람들을 잡아먹으면서 점점 커지고 있어요!"라고 외치는 소리가 들렸다.

아비규환이었다. 우이천 산책로에서 운동하던 사람들은 혼비백산하여 하천 바깥으로 도망쳤다. 이제는 인형이나 동상의 모습을 벗어나 사실상 고질라 같은 괴수가 된 그들은 사람들을 잡아먹고 자기 복제를 반복하며 세를 확장하고 있었다.

박대겸은 정신을 바로잡으려 했다. 자기 옆에 있는, 똑같이 생긴 수준을 넘어 복제 인간이라고 해도 과언이 아닐 만한 사람의 말처럼 바닥에 주저앉은 채 잡아먹히길 기다리고 있을 수는 없었다.

박대겸은 다리에 힘을 주어 자리에서 일어났고, 괴수들로부터 벗어나려 했지만 100미터도 채 가지 못했고, 자신들 앞에서 달리고 있는 사람을 알아보고 다시 다리가 후들거리고 말았다. 박대겸은 후들거리는 다리로 계속 뜀박질하며 자기 옆에 있는 사람을 보았다. 그리고 수시로 뒤쪽을 확인하며 몇십 미터 앞에서 달리고 있는 사람을 보았다. 머리 모양이 조금 다를 뿐, 누가 봐도 그들은 모두 박대겸 그 자체였다. 박대겸이 어느새 세 명으로 늘어나 있던 것이다.

11. 어떻게 사건을 해결해야 한다는 말인가

13인의 대겸이 우이천 변을 질주하오.

(바닥 포장은 우레탄 재질이 적당하오.)

제1의 대겸이 무섭다고 그리오.

제2의 대겸도 무섭다고 그리오.

제3의 대겸도 무섭다고 그리오.

제4의 대겸도 무섭다고 그리오.

제5의 대겸도 무섭다고 그리오.

제6의 대겸도 무섭다고 그리오.

제7의 대겸도 무섭다고 그리오.

제8의 대겸도 무섭다고 그리오.

제9의 대겸도 무섭다고 그리오.

제10의 대겸도 무섭다고 그리오.

제11의 대겸이 무섭다고 그리오.

제12의 대겸도 무섭다고 그리오.

제13의 대겸도 무섭다고 그리오.

13인의 대겸은 무서운 대겸과 무서워하는 대겸과 그렇게뿐이 모였소.

(다른 사정은 없는 것이 차라리 나았소.)

그중에 1인의 대겸이 무서운 아해라도 좋소.

그중에 2인의 대겸이 무서운 아해라도 좋소.

그중에 2인의 대겸이 무서워하는 아해라도 좋소.

그중에 1인의 대겸이 무서워하는 아해라도 좋소.

(바닥 포장은 코르크 재질이라도 적당하오.)

13인의 대겸이 우이천 변을 질주하지 아니하여도 좋소.

나는 멀티버스 탐정이고 사건 의뢰는 핸드폰 애플리케이션 멀티버스 크라임을 통해 확인한다. 사건 의뢰라고 하면 이미 일어난 사건에 대해 조사하여 그 사건을 누가 어떤 방법으로 저질렀는지 밝혀달라고 하는 내용이 대부분일 것이다. 하지만 멀티버스 크라임을 통한 사건 의뢰는 조금 다르다. 정확하게 말하면 사건 의뢰라기보다는 사건 예지라고 표현하는 편이 맞을지도 모르겠다. 앞으로 일어날 멀티버스 범죄 사건을 해당 세계의 멀티버스 탐정에게 고지하고, 멀티버스 탐정은 고지된 멀티버스 범죄 사건이 일어나지 않도록 예방하는 것이다. 즉, 멀티버스 탐정이 하는 일이란 다른 멀티버스 세계에서 넘어온 자가 이곳 세계에서 범죄를 일으키지 않도록 예방하는 것이라 할 수 있다.

이번 사건 의뢰/예지 내용이 담긴 수수께끼 같은 이 글을 봤을 때, 처음엔 글 속의 '대겸'과 하우스메이트 '대겸'을 동일시하지 않았다. 그저 어디서 본 듯한 시라 생각했고, 검색을 통해 이상의 「오감도」를 조금 변형한 시라는 사실만을 알아냈을 뿐이다. 시의 내용을 해석하기 위해 몇 차례 반복하며 읽던 도중 어쩌면 글 속의 '대겸'이 나의 하우스메이트 '대겸'일 수도 있겠다고 생각했다. 단서는 딱 하나, 대겸이 즐겨 산책하는 우이천 변이 시어로 채택돼 있었기 때문이다.

나를 고용한 이들은 항상 시를 변용해서 사건 의뢰/예지 내용을 보낸다. 이유는 알 수 없다. 그저 고용주 측이 시를 좋아하는 사람이라고 추측할 뿐. 그래서 이번 의뢰/예지 내용을 보고도 그리 당황하지는 않았다. 어떤 시든 읽고 다시 읽고 곱씹어서 읽다 보면, 검색하고 다시 검색하다 보면 어느 정도는 이해할 수 있고 어느 정도는 해석할 수 있다. 그 정도만으로도 사건을 예방하는 데 충분히 도움이 된다. 다만 이번 사건 의뢰/예지에서 가장 이해할 수 없었던 건 13이라는 숫자. '13인의 대겸'이란 도대체 어떤 의미란 말인가.

나는 시간이 흘러가길 기다렸고, 마침내 사건이 터졌다. 집에 도착하자 현관 앞에 쓰러진 대겸이 있었던 것이다. 뒷모습만으로도 그가 대겸이라는 사실을 알 수 있었고, 얼굴을 확인하고 그가 대겸이라고 확신했다. 그러자 두 가지 의문점이 동시에 떠올랐다. 보통은 가해자로만 존재하던 사건 의뢰/예지 속 인물인 대겸이 어째서 피해자가 되었는가 하는 점. 나머지 하나는 바닥에 쓰러진 대겸이 이 세계의 대겸인지 다른 멀티버스에서 건너온 대겸인지 파악할 수 없다는 점.

사고가 정지할 듯 혼란스러웠기에 나는 쓰러진 대겸을 내버려둔 채 방에 들어가 사건 의뢰 내용을 다시 확인했다. 의뢰 내용 속에서 대겸은 반복해서 무언가를 무서워한다. 도대체 무엇을 무서워한단 말인가. 그리고 가장 난해한 구절. 13인의 대겸은 도대체 어떤 의미인가. 설마 13개의 멀티버스에 존재하는 대겸이 이곳으로 넘어올 일은 없지 않은가.

하지만 아니었다.

침대에 걸터앉은 채 허리를 숙이고 양손으로 머리를 붙들고 있는데 현관문 비밀번호 누르는 삑 삑 삑 삑 삑 삑 소리가 약하게 들려왔다. 그 순간 나는 자리에서 벌떡 일어날 수밖에 없었다.

설마 그것이 가능한가.

진짜 그것이 가능한가.

방 밖에서 느껴지는 불온한 공기.

나는 문을 열고 그 불온한 공기와 마주한다. 불길한 예감과 마주한다.

눈앞엔, 어안이 벙벙한 채 나를 쳐다봤다가 바닥에 쓰러진 대겸을 바라보는, 이 행동을 반복하는 또 한 명의 대겸이 서 있다.

그렇구나. 그렇게 된 일이구나.

결국 13인의 대겸이란 그런 의미겠구나.

밤 11시부터 약 한 시간 반 동안 총 13명의 대겸이 이 세계에 나타났다. 이유는 알 수 없다. 사건 의뢰/예지에 적힌 대로 13인의 대겸은 무서운 대겸이거나 무서워하는 대겸이고, 두려움과 놀람과 경악을 금치 못한 채 집 밖으로 뛰어나간 대겸이다. 현관에 서서 나눈 대화 내용은 조금씩 달랐지만 13인의 대겸은 전부 같은 행동을 반복했다. 바닥에 쓰러져 있는 대겸을 제외하고는 단 한 명의 예외도 없이 전부.

여기에 쓰러져 있는 대겸은 어쩌면 이 세계에 속한 인물일 가능성이 크다. 그래서 이 대겸만 다른 13명의 대겸과는 다른 상황에 놓였을 것이다.

……

아닌가.

어쩌면 밖으로 달려 나간 13명의 대겸 중 이 세계의 대겸이 있을지도 모른다. 지금으로선 그 무엇도 답이 될 수 있을 것 같다.

시간이 조금 더 흘렀음에도 여전히 아무것도 모르겠고, 어째서 13명의 대겸이, 여기에 쓰러져 있는 대겸까지 포함하면 총 14명의 대겸이 이 세계에 동시에 존재할 수 있는지 모르겠다. 80억 개의 멀티버스 세계에서 나처럼 멀티버스 탐정으로 일하고 있는 두 명의 멀티버스 탐정 '나'들 역시 각자의 방식으로 이유를 추리하고 있지만 수긍할 만한 답은 아직 나오지 않았다. 물어볼 사람도 없다. 나를 고용한 사람들은 나에게 사건 의뢰/예지만 할 뿐 내 질문은 받지 않는다. 그들도 이 세계의 법칙을 온전히 파악할 수 없는 것이다.

앞으로 도대체 어떤 사건이 일어난단 말인가.

그리고 어떻게 사건을 해결해야 한다는 말인가.

당장 어떤 행동을 취해야 할지 가늠할 수 없었기에 얼마간 불 꺼진 거실 테이블에 앉아 방금 일어난 일을 곱씹고 있노라니 옆에서 옅은 신음이 들렸다. 나는 소리가 난 곳으로 고개를 돌렸고, 죽은 듯 쓰러져 있던 대겸이 천천히 몸을 일으켰다. 죽은 줄만 알았던 어떤 세계의 대겸이, 내 쪽을 바라보며 벽에 기대앉았다.

"오늘은 빨리 왔네." 자다 깬 듯한 목소리로 대겸이 말했다.

"어? 아, 어. 너…… 좀 괜찮아?"

"술도 안 마셨는데 완전히 정신을 잃었나 보네. 현관 앞에 드러누워 있다니. 봤으면 좀 깨우질 않고."

"……너무 곤히 잠들어 있는 것 같아서. 안 그래도 깨워야 하나 어째야 하나 하고 있었어."

"오늘 너무 황당하고 어이없는 일이 있었는데, 지금 몇 시지. 벌써 1시가 다 돼가네. 넌 씻지도 않고 자지도 않고 거기서 뭐 하고 있노?"

"……나도 오늘 너무 황당하고 어이없는 일을 겪어서……. 그거 곱씹어보던 중이야."

"그래? 나랑 비슷한 일 있었나 보네?"

"넌 오늘 무슨 일 있었는데?"

그러자 대겸은 바닥에 앉아 벽에 기댄 채로 오늘 있었던 일을 술술 늘어놓았다. 며칠 전 술자리에서 우연히 만난 여자와 오늘 단둘이 만나 즐거운 시간을 보내고 집에 돌아와서 핸드폰을 확인했는데 그 사람의 SNS 계정도 사라지고 둘이 나눈 메시지창도 없어지고 심지어 불과 몇 시간 전에 함께 찍은 사진도 핸드폰 사진함에서 사라져서 완전히 멘붕이 됐다고 했다. 너무 혼란스러운 상황을 받아들이지 못한 채 정신을 잃고 쓰러진 것 같다고 덧붙였다.

    나와 두 명의 '나'들은 대겸의 이야기를 들으며 즉각 추리를 시작했다. 어쩌면 터널과 사진이, 과학적으로는 설명할 수 없는 어떤 비과학적 작용을 일으켜서 멀티버스 세계 사이에 존재하는 장막에 흠집을 냈고, 그 흠집 사이로 원래 이 세계의 대겸을 제외한 총 13명의 대겸이 이 세계로 건너오게 된 것이 아닐까 하고. 여기에 대겸이 오늘 만난 사람에 대해 갖고 있는 좋은 감정과 곧 해야만 하는 이사 문제로 인한 스트레스 같은 것이 섞여 있었을지도 모른다. 정확한 이유는 알 수 없지만 현재로서는 이 추리가 가장 합당해 보였다.

    그렇다면 멀티버스 탐정인 내가 이 혼돈, 전대미문의 이 혼란을 바로잡기 위해 할 수 있는 일은 무엇인가. 다른 멀티버스 세계의 두 명의 '나'들 외에 그 누구도 답할 수 없는 이 상황을 해결할 수 있는 방법은 어떤 것이 있는가.

    아직 대겸은 범죄 사건을 일으키지 않았다. 13인의 대겸은 그저 무서운 대겸이거나 무서워하는 대겸이고, 우이천 변을 질주하고 있을 뿐이다. 아마도 그러할 것이다. 하지만 그들이 서로 마주치게 된다면 어떤 일이 벌어질까. 내가 살고 있는 세계에 나 이외의 또 다른 '나'가 존재한다는 사실을 인지한다면 그들에게 어떤 일이 벌어질까. 한두 명이 아니라 무려 13명이다. 밖으로 뛰쳐나간 13인의 대겸은 이곳의 대겸을 아마 죽었다고 추측했을 것이다.

나는 이 사건을 처리하기 위해 내가 해야 할 일을 빠르게 시뮬레이션 해보았다. '나'들 역시 각자의 세계에서 시뮬레이션을 시작했다. 세 명이 모이면 문수보살의 지혜가 나온다는 일본 속담도 있는 것처럼.

이것도 아니고, 이것도 아니고.

이것도 아닌 것 같고, 이것도 아닌 것 같아.

어쩌면 이거일 수도 있겠지만······.

아니, 이건가? 아니, 이거일지도······.

그렇지만 그건 그다지 좋지 않은 것 같은데.

또 다른 방법이 분명······.

이렇게 하는 건 어떨까.

그것도 좀······.

······.

아, 이거다!

마침내 나는, 아니 우리 셋은, 이 상황을 해결할 수 있는 딱 하나의 방법을 떠올렸다.

하지만 이걸 선택하면······.

나는 해결 가능성이 가장 높은 답을 골랐다. 그것은 멀티버스 탐정인 나와 '나'들로선 가장 고르고 싶지 않은 답이기도 했다. 하지만 그것은 또한 이 혼란스러운 상황을 정리할 수 있는, 어쩌면 단 하나밖에 없을 해답이기도 했다.

대개는 죄가 먼저다. 아니, 항상 죄가 먼저다. 죄가 먼저 있고, 다음에 벌이 따른다. 범죄자가 먼저 존재했기에 경찰이나 탐정이 그 이후에 등장했다. 일반적인 세계에서의 법칙이라고 할 수 있다.

하지만 멀티버스 세계에서는 다르다. 나에겐 선임자가 없다. 나에게 접촉해 온 사람은 나의 능력을 간파해 사건을 의뢰하기 시작했다. 멀티버스 탐정의 능력을 지닌 내가 나타났으니 조만간 이 세계에서도 멀티버스 범죄 사건이 일어날 가능성이 있다는 이유에서였다. '나'들 역시 마찬가지였다. 나와 '나'들은 서로에게만 의지한 채, 그 누구에게도 물어볼 수 없는 상황에서 사건 의뢰/예지 내용을 보고 멀티버스 범죄자들이 범죄를 저지르지 않도록 예방했다.

그렇다. 멀티버스 세계에서는 멀티버스 탐정이 먼저 존재하고 그다음에 멀티버스 범죄자가 등장한다.

바꿔서 생각하면 이렇게 된다.

멀티버스 탐정이 사라지면, 멀티버스 범죄자도 사라질 것이다.

다시 바꿔서 말하면 이런 말이 된다.

내가 사라지면, 13인의 대겸도 사라지지 않을까.

물론 사라진다는 건 수사적인 표현으로, 내가 멀티버스 탐정을 그만두면 자연스레 13인의 대겸도 각자 자기 세계로 돌아갈 수 있으리라는 의미다. 이 사건을 마지막으로 나는 멀티버스 탐정과 안녕, 한다는 의미다. 아니, 멀티버스 탐정과 안녕, 함으로써 이 사건을 해결할 수 있다는 의미가 된다.

멀티버스 탐정을 그만두는 일은 간단하다.

한동안 자신이 겪은 이야기를 술술 털어놓던 대겸이 나에게 물었다.

"니는 오늘 어떤 황당하고 어이없는 일이 있었노?"

대겸이라면 아마 내가 하는 말을 믿을 것이다. 지금 당장은 믿지 않을 수도 있겠지만 자고 일어나서 내일, 자신에게 있었던 일을 돌이켜보고 내가 했던 말을 되새기며 점점 그 믿음을 구체화할 것이다. 그리고 대겸이 내가 멀티버스 탐정이라는 사실을 믿는 순간, 나는 멀티버스 탐정이 가진 능력을 잃게 될 것이고, 자연스럽게 멀티버스 탐정을 그만둘 수 있을 것이다. 지금까지 파악한 약 80억 개의 멀티버스에 사는 '나'들과는 완전히 분리된 채로. 80억 명의 '나'들이 80억 개의 멀티버스 속에 살아간다는 사실은 완전히 망각한 채로. 나와 같은 능력을 지닌 두 명의 '나'들과도 더 이상 교류할 수 없다. 그것은 정말 가슴 아픈 일이다.

나는 문득 눈앞의 대겸이 사는 세계에서 내가 어떤 일을 하고 있는지 궁금해졌다.

"대겸, 넌 내 직업이 뭔지 알지?"

"탐정이잖아. 갑자기 뭘 그런 걸 물어보노."

다행이다. 내가 멀티버스 탐정이었다는 사실을 잊는다고 해도 나는 이 세계에서 계속 탐정으로 살아갈 것이다. 멀티버스 탐정이 아닌 보통의 탐정으로. 대겸이 이제부터 내가 하는 말을 믿게 되면 분명 흥미로운 이야깃거리라며 소설로 쓸 것이다. 그리고 그 소설을 나에게 보여줄 것이다. 하지만 나는 그것이 내가 한때 겪었던, 내게 일어났던 일이라는 사실을 모른 채 오로지 소설로만 읽을 것이다.

"그냥, 제대로 기억하고 있는가 해서. 그럼 이제 네가 거기에서 쓰러지고 나서 있었던 일을 말해줄게. 그리고 내가 구체적으로 어떤 일을 해왔는지도."

12. 이 지옥 같은 상황에서 살아남아

 꿈을 꾸고 있는 게 분명해. 현실에서라면 벌어질 리 없는 일이 일어났으니. 죽어서 쓰러져 있는 나를 봐야 하는 악몽 속에 더는 있고 싶지 않아. 빌어먹을 악몽.

 그런데 정말 죽은 게 맞을까. 그냥 기절한 상태였는데 내가 착각한 건 아닐까. 아무튼 이따위 꿈에서 한시라도 빨리 벗어나야 해. 벗어나고 싶어.

 꿈을 꾸고 있다는 사실을 자각하는 꿈을 자각몽이라고 하지. 지금 내가 꾸는 꿈은 자각몽이야. 나는 꿈을 꾸고 있고, 눈앞에서 벌어진 일이 꿈이란 사실을 알고 있어. 그러니 꿈인지 현실인지 판별하기 위해 흔히들 하는 볼을 꼬집는 행위 따위는 하지 않겠어. 보통 그런 행위는 꿈에서는 하지 않으니까.

그래도 한 번쯤은 꼬집어보고 싶기도 해. 자각몽이니 아프지 않을 게 분명하니까. 그렇다면 손가락으로 볼을 힘껏, 아야! 아프잖아!

꿈속에서 어떻게 통증을 느낄 수 있지?

어쩌면 타이밍의 문제일지도 모르겠어. 현실의 나는 지금 뒤척이며 잠을 자고 있고, 그 와중에 뭔가 내 볼 쪽에 자극을 가한 것이 아닐까. 그래서 통증을 느끼는…… 정도라면 꿈에서 깨야 하는데, 왜 아직 나는, 내 현실은 그대로인가. 내 기억은 그대로인가. 그나저나 지금 여기는 어디인가.

우이천이구나. 머릿속이 생각으로 가득하다 보니 내가 어디로 향하고 있는지도 모른 채 우이천 쪽으로 왔어. 인간은 습관의 동물이라더니 습관처럼 이곳에 오고 말았네. 밤 12시가 넘은 시간인데도 생각보다 사람이 많구나. 일단 여기까지 왔으니 나도 좀 걸어볼까.

잠시 생각을 지우기 위해 빠르게 우이천 변을 걸어보지만 걸으면 걸을수록 머릿속이 복잡해지는 것 같다. 불과 10분 전에 눈앞에서 벌어진 일을 도저히 지워낼 수가 없다. 내 눈으로도 봤고 에른스트도 분명히 말했다. 쓰러져 있는 사람은 '나'라고. 그 상황을 받아들이지 못해 일단 집 밖으로 뛰쳐나오긴 했지만 여전히 내 머릿속은 10분 전에 사로잡혀 있다.

지금 생각해보니 에른스트의 반응이 기묘하긴 하다. 친구가 쓰러졌다면 보통은 당황할 것 같은데. 초조해하거나 허둥대거나 119에 전화하거나 하지 않나?

내가 쓰러진 모습을 보고도 에른스트가 차분했던 이유는, 어쩌면 그의 직업이 영향을 미쳤을지도 모른다. 탐정 일을 하며 이런 경험, 혹은 이보다 더한 경험을 숱하게 겪었기 때문일지도 모른다. 일반적으로는 당황하고 허둥댈 만한 일이, 에른스트에게는 일상적인 일이었던 것이다.

문제는 에른스트가 쓰러져 있는 '나'를 보고 놀라지 않은 점이 아니라, 이 세상에 내가 두 명이 존재함에도 여전히 놀라지 않은 데 있다. 에른스트는 마치 당연하다는 듯 내 앞에 서서 "여기 쓰러져 있는 사람은 대겸 너야"라고 말했다. 마치 이 세상에 내가 두 명이고 그중 한 명은 쓰러져 있어야 함이 당연하다는 말투로.

* * *

생각에 잠겨 있는 박대겸의 귓가에, 한밤중이라는 시간에 어울리지 않는 웅성거리는 소리가 들렸다. 삼삼오오 모여 있는 사람들이 하나같이 어떤 방향을 손가락으로 가리키고 있었기에 박대겸은 그들의 눈길과 손길이 향한 곳을 바라봤다. 하천 건너편 산책로인 그곳에, 인형들이, 정확하게는 인형 탈을 쓴 사람들이, 한 사람을 둘러싸고 있었다. 영화나 드라마 혹은 뮤직비디오나 유튜브 영상을 찍는다고 하기엔, 일단 주변에 카메라나 조명도 없었고, 무엇보다 하천 건너편에서 봐도 느껴질 만큼 분위기가 다소 폭력적이었는데 분위기만 그런 것이 아니라 실제로 인형 탈을 쓴 사람들은 자신들이 둘러싸고 있는 누군가에게 손찌검을 하고 있었다. "경찰에 신고해야 하지 않아?"라는 목소리도 들리는 걸 봐선 박대겸 혼자만 잘못 본 것은 아닌 듯했다. 둘리처럼 보이기도 하고 도우너처럼 보이기도 하고 또치처럼 보이기도 하고 희동이처럼 보이기도 한 여러 인형에 둘러싸인 사람은 바닥에 무릎을 꿇은 채 자신의 잘못을 빌고 있었다. 도대체 무슨 일이지, 대겸이 궁금해하기 무섭게 인형들은 둘러싸고 있는 사람을 향해 발길질을 해댔다. 저건 아닌 것 같은데, 저러면 안 되는 것 같은데, 지금 당장 경찰에 신고해야 할 것 같아, 라고 생각하며 바지 주머니에서 핸드폰을 꺼낸 박대겸은 여길 어디라고 말해야 하지? 자문하고 나서, 우이천 변에서 분수 쇼를 하는 곳이라고 하면 되나, 그래, 둘리 동상이 있는 곳이잖아, 그렇게 생각하며 박대겸은 둘리 동상이 있어야 할 곳을 바라봤다. 하지만 그곳에 둘리 동상은 없었고, 문득 몇 시간 전 이곳을 거닐며 허아름이 했던 말, 사람들이 없는 새벽 시간엔 이 동상들이 몰래 움직일지도 모른다고 했던 말이 떠올랐다. 그건 우스갯소리로 한 말이잖아, 그런 말도 안 되는 일이 일어날 리가 없잖아, 라고 생각했다가, 그러고 보니 불과 10여 분 전, 눈앞에 '나'가 쓰러져 있는 말도 안 되는 일을 목격했잖아, 그런 일도 일어나는데 둘리 동상이 움직이는 일도 충분히 일어날 수 있는 거 아닌가, 라고 다시 바꿔 생각하며, 설마 저기 있던 동상들이 지금 저렇게 서서 사람 한 명을 둘러싸고 있는 건가, 근데 원래 동상은 네 개밖에 없었는데 지금 쟤네들은 하나, 둘, 셋, 넷, 다섯, 여섯, 일곱, 여덟, 아홉, 열, 열하나, 열둘까지 세다가, 어쩐지 아까보다 인형의 수가, 아니 동상의 수가 늘어난 것 같았고 심지어 크기도 더 커진 것 같다고 생각했다. 그들 중 일부가 강 건너편에서 자신들을 보는 사람들 쪽을 노려보더니 우이천 쪽으로 내려와 하천을 건너 다가왔다. 강 건너편에서 그들의 움직임을 보던 사람들이 하나둘 도망치기 시작했고, 일부 사람들은 경찰에 연락을 시도했으나 연락이 제대로 되지 않는지 "경찰에 연락해도 전화를 안 받아요!"라고, 누구한테 하는 말인지는 모르겠으나 혼잣말치고는 꽤 큰 목소리로 말했고, 그렇게 불길한 기운이 감도는 와중에 박대겸 역시 여기서 도망쳐야 한다고 느껴 사람들 틈에 끼어 달리기 시작했는데 달리기 바로 직전, 건너편 둘리 동상들 사이에서 집단 린치를 당하고 있던 사람이 누군가의 손에 이끌려 그곳에서 빠져나가는 모습을 보며 약간은 안도하는 마음이 들었다.

하지만 박대겸이 계속 안도할 틈도 없이 하천을 건넌 둘리 동상 무리는 가까이 다가와서 커 보이는 것이 아니라 실제로 처음보다 2미터쯤은 더 커진 듯한, 그래서 귀여운 아기 공룡 둘리라기보다는 무시무시한 괴수 고질라에 가까운 모습으로 변모한 그들 중 하나는, 천천히 뒷걸음질 치기는 했지만 아직 그곳에서 완전히 벗어나지 않은 채 눈앞의 터무니없는 광경을 핸드폰으로 찍으며 라이브 방송을 하던 젊은 남자에게 다가와 크게 입을 벌리더니 크아아아아아, 괴음을 내지르며 겁에 질려 옴짝달싹 못 하고 있는 그 사람을 그대로 콱, 씹어버리고 말았다. 고질라를 닮은 괴수에게 허리까지 뜯긴 남자는 양다리로만 서 있었고, 호러 영화에서나 나올 법한 참담하고 끔찍한 광경을 실제로 본 사람들은 순간 어안이 벙벙해져 아무 소리도 낼 수 없었으나 잠시 후 기다렸다는 듯 이곳저곳에서 비명이 터져 나왔다. 그 비명에 질세라 괴수들은 다시 쿠아아아아아아 크게 울부짖었고, 방금 남자의 상반신을 뜯어 먹은 고질라는 주둥이를 몇 차례 우물거리더니 퉤, 하고 입안에 있는 것을 뱉어냈다. 어두운 밤이었음에도 산책로를 밝히고 있던 전등 빛 덕분에 그것이

피로 범벅이 된, 형체를 겨우 알아볼 수 있는 인간의 상반신이란 사실을 알 수 있었다. 20~30미터쯤 떨어진 곳에서 뒷걸음질 치며 그 모습을 보던 박대겸은 저도 모르게 구역질이 치밀었고, 우욱, 실제로 구역질을 하고 말았다.

* * *

나도 어디서 그런 용기가 샘솟았는지 모르겠다. 정작 지금은 무서워서 벌벌 떨고 있는 주제에. 어쩌면 거대한 둘리 동상들에 둘러싸인 채 두들겨 맞고 있던 사람이 나와 몹시 닮은 사람이어서 그랬는지도 모르겠다. 아까 현관에서 쓰러져 있던 나와 몹시 닮은 사람은 구할 수 없었으니, 적어도 지금 눈앞에 보이는 나와 몹시 닮은 사람만이라도 구해야겠다고 마음먹었기 때문인지도 모르겠다.

아니, 마음을 먹고 말고 할 짬도 없었다. 나는 내가 어떤 행동을 하는지 의식하지도 못한 채 슬그머니 거대한 동상들 사이로 다가갔고, 둘리와 또치와 희동이와 도우너를 닮은 그 동상들은 나를 발견하지 못했고, 마침 동상들 틈 사이로 나와 몹시 닮은 사람이 보였고, 눈이 마주쳤고, 손을 쭉 뻗어 그를 끌고 나올 수 있었다.

둘리 무리의 동상들은 금세 어떤 일이 일어났는지 알아

챘고 우리를 쫓았다. 우리는 그들에게 잡히지 않기 위해 산책로를 내달렸다. 달리는 도중 우리는 서로 눈이 마주쳤는데 나와 몹시 닮은 사람은 사실상 '나'처럼 보였다. 헤어스타일이 다를 뿐 그건 분명히 나였다. 눈앞에서 벌어지는 일들을 도통 이해할 수 없었지만, 내가 이해할 수 없다고 해서 눈앞에서 일어나는 현실을 받아들이지 않을 수도 없는 노릇이었다.

어느덧 3미터 정도로 커진 둘리들, 아니 고질라처럼 변모한 괴수들에게 잡히지 않기 위해 내 옆에서 나와 함께 달리는 나와 몹시 닮은 사람, 그는 어쩌면 나의 분신일지도 모른다. 과거나 미래에서 타임머신을 타고 온 '나'일지도 모르고 평행 세계에서 건너온 '나'일지도 모른다. 말도 안 되는 일이지만 내가 쓰고 있는 소설 속에서 뛰쳐나온 '나'일지도 모르고 어쩌면 내 안에서 잠재하고 있던 다중인격으로서의 '나'일지도 모른다.

생각은 이렇게 이어진다.

어떤 '나'인지 모른다면, 어떤 '나'라도 상관없는 게 아닐까.

생각은 맥락 없이 다시 이렇게 이어진다.

결국 '나'와 함께 도망칠 사람은 나밖에 없고, 그 말은 곧 '나'를 구할 수 있는 사람 역시 나밖에 없다는 뜻 아닐까.

차분한 척 생각을 정리하는 것 같지만 사실은 괴수에 쫓기는 상황이었고, 숨이 차오를 대로 차올라 더 이상 생각을 이어가기 어려웠는데 10미터쯤 앞에, 나와 뒷모습이 흡사하게 생겼을뿐더러 비슷한 모양새로 달리는, 나는 물론 옆에 있는 '나'와도 몹시 닮은 또 다른 '나'가, 우리 쪽을 봤다가 우리를 쫓아오는 괴수들을 봤다가 하며 도망치는 모습이 눈에 들어왔다. 뭔가 어정쩡한 달리기. 이대로 포기해버리고 싶어 하는 듯한 달리기. 그 즉시 저 사람 역시 어딘가에서 넘어온 또 다른 '나'일 것이라 판단했다.

  나는 그를 향해 소리쳤다.

"야, 박대겸!"

* * *

  박대겸은 다리 위에 선 채 저 멀리서 자신과 똑 닮은 두 명의 남자가 자신들을 쫓는 아파트 3층 정도 되는 크기의 괴수로부터 도망치는 모습을 본다. 괴수들은 산책로를 파괴하고 산책로 위까지 올라와 도로를 부수고 도로에 있는 차들을 물어뜯고 사람을 박살내고 아파트까지 부숴대고 있었다. 아수라장이었다.

  수많은 괴수는 무작위로 모든 것을 파괴하는 것 같았지만 최종적으로는 두 명의 남자를 쫓는 것처럼 보였다. 그들은 어느 순간 박대겸이 서 있는 다리까지 다가왔고, 다른 선택지가 마땅히 떠오르지 않았던 박대겸은 산책로 쪽으로 내려가 그들보다 앞선 위치에서 달리기 시작했다. 앞을 봤다가, 30미터쯤 뒤에서 달리고 있는 자신과 닮은 두 남자를 봤다가, 그들보다 30미터쯤 더 뒤에서 쿵쾅거리며 달리는 괴수들을 보며 생각했다.

왜 이런 선택을 했을까 차라리 아파트 골목 쪽으로 향하는 편이 낫지 않았을까 설마 나 하나 때문에 그 골목으로 쫓아오진 않았을 텐데 불과 한 시간 전까지만 해도 즐거운 마음으로 가득했건만 이게 다 뭐란 말인가 현실감이 느껴지지 않아 겁에 질렸기 때문에 가슴이 쿵쾅거리는 걸까 달리고 있기 때문에 가슴이 쿵쾅거리는 걸까 무섭기도 하고 초조하기도 하고 아찔하기도 하면서 이 터무니없는 소동이 다 뭔가 싶기도 하고 눈을 감았다가 뜨면 모든 게 꿈처럼 사라질 것만 같기도 해 얼마 달린 것 같지도 않은데 벌써 숨이 턱끝까지 차오르는 것 같아 더 달릴 수 없을 것 같아 도대체 언제까지 저 괴수들을 피해 달릴 수 있을까 점점 더 커지고 강한 괴수들로부터 벗어날 수 있을까 어차피 벗어날 수 없다면 차라리 괴수에게 잡아먹히는 편이 마음 편하지 않을까 한순간에 생을 끝낼 수 있을 것 같은 체념 어린 마음이 들기도 해, 까지 생각했는데 뒤에서 "야, 박대겸!" 하고 부르는 소리가 들렸다.

    박대겸은 고개를 돌려 뒤를 보았고 어느새 10미터쯤 뒤까지 바싹 따라붙은 자신을 닮은 남자 중 한 명과 눈이 마주쳤다.

    "야, 정신 차려! 지금은 쓸데없는 생각 하지 말고 도망치는 데만 집중해! 지금은 위기 상황이고, 현재 우리가 할 수 있는 건 계속 도망치는 것밖에 없어! 하지만 위기 상황이 계속 이어질 리는 없고, 언젠가는 분명히 끝나! 심장이 터질 것처럼 힘들어도 계속 달려. 나도 박대겸이고 내 옆에 있는 애도 박대겸이야. 그리고 하천 건너편에서 괴수들에게 쫓기고 있는 쟤들도 다 박대겸이야. 도대체 어떻게 된 영문인지 모르겠지만, 일단 있는 힘껏 도망치자. 언젠간 끝나. 이 모든 난장판이 언젠가는 끝나리라 믿고 수습되리라 믿고, 낙담하거나 체념하지 말고, 그렇다고 낙관하거나 방심하지도 말고, 일단은 계속 달리고 달리자. 어딘지 알 수도 없는 이런 곳에서 더더욱 정체도 알 수도 없는 저따위 녀석들에게 잡아먹혀 삶을 끝낼 수는 없잖아. 네가 내가 아는 박대겸이 맞다면, 분명 조금은 다르겠지만 나와 비슷한 면이 더 많은 박대겸이 맞다면, 너한테도 분명 지금 쓰고 있고 앞으로 쓰고 싶은 소설이 잔뜩 있을 거 아니야! 그거 계속 써야지! 안 그래!"

박대겸은 자신의 머릿속을 들여다보기라도 한 듯한 상대방의 외침을 들으며 깜짝 놀랐고, 이렇게 달리는 와중에도 저렇게 길게 자신이 생각한 바를 말로 내뱉을 수 있다는 사실에 한 번 더 놀랐으며, 무엇보다 상대방이 단순히 자신과 닮은 정도가 아니라 어쩌면 자신의 분신 같은 존재일지도 모른다는 사실에 더욱 놀라는 한편, 수십 마리의 괴수가 날뛰고 있는 지금 같은 상황에선 그 어떤 일이 일어나도 수긍할 수 있을 듯한 마음이 들기도 했다.

박대겸은 자신의 분신이 했던 마지막 말을 떠올렸다. 그래, 내가 지금 쓰고 있는 소설을 생각하자. 그리고 앞으로 내가 쓰고 싶은 소설을 생각하자. 이 지옥 같은 상황에서 살아남아 그 소설을 완성할 수 있어야 한다. 그저 하나만 생각하자.

* * *

초반엔 우이천의 양쪽 산책로에서 5명의 박대겸과 8명의 박대겸으로 나뉘어 달리다가 중간에 나온 다리를 통해 5명의 박대겸이 8명의 박대겸 쪽으로 합류해 총 13명의 박대겸이 함께 달렸다. 뒤에선 어느새 10미터 이상 거대해진 고질라를 닮은 괴수가 변함없는 속도로 13명의 박대겸을 뒤쫓고 있었고, 엿가락처럼 늘어난 우이천은 달려도 달려도 끝이 보이지 않았다.

 몇 시간을 달렸음에도 13명의 박대겸은 의외로 지치지 않았고, 자신들이 지치지 않은 데 살짝 놀라기도 했으나 이 모든 상황 자체의 놀라움에 비하면 그 정도는 아무것도 아니라는 생각이 들기도 했다. 13명의 박대겸은 각자 다른 생각을 하면서도 이따금 비슷한 생각을 하기도 했는데, 무엇보다 이 진창 같은 시간을 버텨내고 다시 평소와 같은 시간이 찾아오면 지금 쓰고 있는 소설을 마무리해야겠다는 마음만은 일치했다.

 다 함께 달리는 13명의 박대겸은 에른스트의 집에서 지내며 소설을 쓰고 있다는 현재 상황만 유사할 뿐, 나이도 조금씩 달랐고 삶의 궤적도 조금씩 달랐다. 작품 활동을 시작한 시기도 조금씩 달랐다.

 갈색으로 염색한 박대겸은 삼십대 초반 한겨레문학상을 받으며 독자들의 주목과 함께 등단한 뒤 두 권의 장편소설과 한 권의 단편집을 집필했으나 시간이 지날수록 독자들의 반응이 줄어들어 시대가 변했음을 깨닫고 자신의 스타일을 바꾸든 주제를 바꾸든 그도 아니면 새로운 장르에 도전하든 해야겠다 고민하고 있던 와중에 단행본 청탁을 받은 박대겸이었다.

  5 대 5 가르마를 한 박대겸은 이십대 후반 문학과사회 신인문학상에 당선되어 문단의 주목을 받으며 작가로서 탄탄대로를 걷는 줄 알았으나, 2년 후 첫 번째 단편집 출간을 기념하여 출판사 측에서 마련해준 술자리에서 대단히 흠모하던 선배 작가가 불콰한 얼굴로 면전에 대고 이따위를 소설이라고 책으로 만드냐 너는 소설가가 되려면 한참 멀었다는 막말을 내뱉은 데 충격을 받았는데, 그 사건을 계기로 왠지 모르게 원고 청탁도 줄어들었고 덩달아 글도 써지지 않아 고통스러운 시간을 보내다가 수년 만에 마침내 단행본 작업 제안을 받아 이 기회를 놓칠 수 없다고 마음먹은 박대겸이었다.

  짧게 스포츠머리를 한 박대겸은 서른이 넘어서 소설을 쓰기 시작해 신춘문예 및 신인문학상 공모전에 10년 이상 투고했음에도 어느 하나 당선이 되지 않았고, 마흔이 훌쩍 넘은 나이에도 주변의 시선 따위 아랑곳하지 않은 채 편의점과 PC방 아르바이트를 하며 묵묵하게 집필 생활을 이어가던 중 PC방에서 우연히 친분을 쌓게 된 소설 습작생 및 신인 작가들과 의기투합해 3년에 걸쳐 총 다섯 차례 동인지를 만들었는데, 거기에 수록된 중편소설을 흥미롭게 읽은 편집자가 단행본 작업을 제안했기에 마침내 자신이 상업 출판의 빛을 볼 시기가 왔다는 들뜬 마음으로 머리까지 짧게 자르고 단행본 작업을 하기 시작한 박대겸이었다.

히피펌을 한 박대겸은, 독일 유학 중 독일 여자와 결혼한 친구의 제안으로 대학 졸업 후 독일에 놀러 갔다가 친구 부부와 친하게 지내던 재독 한국인 여자와 첫눈에 빠져 결혼, 그곳에 머물며 새벽에는 파트타임으로 신문 배달을 하고 오후에는 소설을 집필하는 생활을 이어갔으나 성격의 차이인지 문화의 차이인지 그도 아니면 서로에 대한 사랑이 부족했는지 결혼 생활은 3년을 넘기지 못했고, 이혼 후 심신이 지칠 대로 지친 채 귀국하여 한동안 요양 생활을 하다가 마침내 마음을 다잡고 독일에서의 경험을 바탕으로 쓴 장편소설을 몇 군데 출판사에 투고하여 그중 원고를 긍정적으로 검토한 출판사에서 처음으로 책을 출간, 이후 한 편의 단편집과 한 편의 장편소설을 더 펴냈고 마침내 처음으로 출판사 쪽에서 단행본 제안을 해왔기에 의욕이 충만한 박대겸이었다.

귀가 보이는 단정한 머리 스타일의 박대겸은 이십대 중반 워킹홀리데이로 일본에 갔다가 아르바이트하던 곳에서 만난 일본 여자와 결혼해 외국인 파트타임 노동자로서의 경험담에 환상적인 요소를 더해 쓴 소설로 일본 문예지『문예』를 통해 소설가로 등단, 세 번 연속 아쿠타가와상 후보에까지

오르고 그 소설들이 한국어로 번역되기도 했으나 그 이후 도통 글이 써지지 않는 상황에 빠졌고 그즈음 이혼까지 하는 바람에 정신적인 위기 상황에 몰리다가 결국 비자 문제로 한국에 돌아올 수밖에 없었고, 정신의학과에 다니며 건강을 회복한 뒤 다시 일본으로 돌아갈지 한국에 있어야 할지 고민하던 중 한국어로 번역된 자신의 소설을 읽은 편집자가 소설 청탁을 해왔고, 마침 일본에서 지낼 때 친분을 쌓은 에른스트에게 연락이 와 함께 지내며 처음으로 한국어로 소설을 쓰기 시작한 박대겸이었다.

그 밖에 경향신문 신춘문예를 통해 등단한 박대겸도 있었고 부산일보 신춘문예를 통해 등단한 박대겸도 있었고 문예지 『현대문학』 신인추천을 통해 등단한 박대겸도 있었다. 독립 문예지 『영향력』을 통해 작품 활동을 시작한 박대겸도 있었고 온라인 소설 플랫폼 〈브릿G〉를 통해 작품 활동을 시작한 박대겸도 있었다. 출판사 투고로 단행본을 출간하며 작품 활동을 시작한 박대겸도 있었다.

그러나 괴수의 추격으로부터 도망치는 데 바빴던 13명의 박대겸은 각자가 어떤 삶을 살았는지 차분하게 대화를 주고받을 여유가 없었기에 이런 사실을 알지 못했다. 그저 자신과 닮았기에 자신과 비슷한 삶을 살았으리라 추측할 뿐이었다. 자신과 비슷한 삶을 살았기에 비슷한 고통의 시간을 겪기도 하고 비슷한 기쁨의 시간을 누리기도 했으리라 추측할 뿐이었다. 그런 추측으로 공감대를 형성할 수 있었고, 그 힘으로 계속 달릴 수 있었다.

 오와 열을 맞췄다 흐트러뜨렸다 하며 열 시간 이상 달리던 중, 13명의 박대겸은 자신의 몸이 공중으로 떠오르고 있다는 사실을 알아챘다. 아주 조금씩, 아주 서서히, 땅바닥을 내딛는 반동이 약해진다 싶었는데 어느새 공중에 떠오른 것이었다. 등에서 날개가 돋아난 것도 아니었고 어떤 거대한 힘이 자신들을 끌어 올린 것도 아니었다. 터무니없는 일이 일어나고 있음에도 여태까지와 마찬가지로 13명의 박대겸은 자신에게 일어난 일을 자연스럽게 받아들였다.
 고질라를 닮은 괴수들은 하늘 위로 두둥실 떠오른 13명의 박대겸을 바라보며 쿠오오오오오오, 괴성을 지르며 짧은 팔을 휘둘러봤지만 그들이 할 수 있는 건 딱 그것뿐이었다. 13명의 박대겸은 자신의 몸이 자신의 의지와는 무관하게 움직인다는 사실을 알게 되었다. 13명의 박대겸은 에스컬레이터를 타고 오르듯 서서히, 그리고 한참 동안, 공중으로 떠올랐다.

 시간이 얼마나 흘렀을까. 해가 떴다가 달이 뜨고, 다시 해가 떴다가 달이 떴다. 아파트가 사과 씨앗만 하게 보이고 고층 빌딩이 깨알만 하게 보이는 높이를 지나 맨눈으로는 더 이상 지상의 사물들을 구분할 수 없을 만큼 높은 곳으로 올라가 어쩐지 대기권 밖으로 나온 게 아닐까 사실상 우주라고 불릴 만한 곳에 다다른 게 아닐까 싶을 만큼 높이 떠올랐을 즈음, 원형으로 모여 있던 13명의 박대겸은 아주 천천히, 앞으로 뒤로, 좌우 옆으로, 사방팔방 멀어지기 시작했다.

13명의 박대겸은 무어라 말은 하지 않았지만 열 시간 이상을 함께 달리고 몇 날 며칠 함께 하늘로 떠오른, 자신과 몹시 닮았으면서도 조금은 다른 듯한 박대겸들과 한 명 한 명 눈을 마주쳤고 손을 들어 인사했다.

이제 끝인 것 같네. 그럼 원래 우리가 있던 세계로 돌아가는 거겠지. 힘들었지만 좋은 경험이었어. 터무니없이 황당한 경험이었지. 도저히 못 잊을 것 같아. 다들 잘 지내길. 이 경험도 언젠간 소설에 쓸 수 있겠지. 더 이상 만날 일은 없을 것 같다. 각자 쓰고 싶은 거 잘 쓰고. 언젠가 다시 만날 수도 있으려나. 또 이런 일이 일어나면 곤란하긴 하지만. 다들 건강하게 지내고. 모두 안녕.

헤어지기 직전, 13명의 박대겸은 동시에 이런 생각을 했다.

이제 정말 끝이다, 그리고 다시 시작이다.

13. 작가 후기를 겸해서

 작가 후기를 겸해서 마지막 챕터를 쓴다. 있었던 일을 적을 예정이기에 굳이 '에세이'라는 장르를 의식하지 않을 생각이다. 현실 자체에서 일어난 일이 너무 비현실적이라 굳이 '픽션'이라는 장르를 의식하지도 않을 테고.

 나는 이 마지막 챕터를 일본 사가현 사가시 복합쇼핑몰 유메타운 2층에 있는 푸드코드 창가 자리에서 쓰고 있다. 의식해서 듣지 않으면 잘 들리지 않은 일본어를 백색소음처럼 들으며, 거대한 정면 창문 밖에 있는 거대하고 둥근 가스탱크와 낮은 건물 몇 개, 저 멀리 높은 산이 옆으로 길게 솟아 있는 모습을 바라보며.

창작의 방법론으로써, 지금까지 내가 출간한 작품들은 대부분 기성 작품을 의식적으로 참조한 부분이 있다. 문체나 구성적인 요소를 참고하거나, 아이디어나 에피소드를 적절하게 차용하는 방식으로.

이번 소설에서는 기존의 방식과 다르게 기성 작품이 아니라 친구들이나 지인들과의 대화에서 아이디어를 얻거나 참조한 부분이 있다. 그분들께 모두 진심으로 감사의 인사를 드린다. 소설화한 이름으로 등장시켰기에 이곳에서도 굳이 실명을 밝히지는 않으려 한다. 더불어 이 책이 만들어지기까지 도움을 주신 기획자, 편집자, 출판 관계자 그리고 추천사를 써주신 분들께도 감사의 인사를 드린다.

원래 소설의 마지막 장은 밤새워 에른스트의 이야기를 들은 내가 한동안 그 이야기를 믿어야 할지 말아야 할지 고민하다가 결국 에른스트의 말을 믿고 그 이야기를 소설로 써야겠다 마음먹으면서 끝맺는 방식이었다.

한 달 후, 마감일보다 조금 이른 시기에 원고를 퇴고하여 편집부에 보냈다. 앞으로 살 지역을 정하고 집을 구해야 할 시간이 2주밖에 남지 않은 시점이었기에 원고를 붙들고 있다 한들 제대로 소설을 써나가기가 어려울 것 같았기 때문이다.

열흘 후, 내가 집을 구하는 시간보다 빠르게, 편집자들과 원고 관련 미팅을 했다. 하하호호 다정한 분위기 속에서 다양한 이야기가 오갔는데, 가장 핵심적인 코멘트는 결말이 다소 아쉽다는 내용이었다. 하지만 노트북 앞에 앉아 있어 본들 괜찮은 이야기가 떠오르지 않았다.

새로운 소설 결말도 떠오르지 않고 새로운 집도 못 구하는 진퇴양난의 시기, 나는 사실상 현실도피를 하고 만다. 도쿄에서 열린 문학 플리마켓에 가게 된 것이다. 역대 최대 규모라는 SNS의 홍보에도 혹했거니와, 원래는 동인지나 자비 출판하는 작가들이 중심인 마켓이었음에도 아쿠타가와상 수상 작가나 평소 관심 있던 상업 작가들도 작품을 출품한다는 소식을 접했기 때문이다. 플리마켓이 열리기 고작 이틀 전에 급하게 비행기표와 숙소를 예약했고, SNS에서 알게 된 일본 친구에게 시간이 맞으면 만나서 인사나 나누자는 메시지도 보냈다. 해외의 장르 소설에 관심이 많고 SNS에서 『부산 느와르 미스터리』를 적극적으로 홍보해준 사람이기도 했다. 그는 자신도 플리마켓에 갈 예정이라며 그날 보자는 답장을 보냈고, 나는 『부산 느와르 미스터리』 사인본을 전해주겠다고 다시 답장을 했다.

작년 연말부터 사가시에서 지내게 된 건, 소설이라고 하면 너무 과하다 싶은 개연성 없는 현실의 우연이 연이어 세 번이나 일어났기 때문이다.

도쿄 문학 플리마켓 당일, 만나자고 한 일본 친구에게 메시지가 왔다. 아이가 약을 잘못 먹는 바람에 급하게 병원에 가야 해서 못 볼 것 같아 미안하다고 하며, 지인인 아미타 나무 작가의 계정을 소개해주고는 이 작가에게 『부산 느와르 미스터리』 사인본을 전해주면 고맙겠다는 메시지를 보내왔다. 정말 미안하다는 사과의 말을 다시 반복하면서. 말 그대로 갑작스러운 소식에 아쉽기도 했으나 어쩌랴, 아이가 별일 없기를 기원하는 수밖에. (나중에 들은바 아이에게 별다른 탈은 없었다.) 첫 번째 우연은 이렇게 일어났다.

SNS로 아미타 나무 작가와 만날 장소를 주고받으며 플리마켓이 열리는 빅 사이트에 도착했다. 일단 빅 사이트라는 공간의 규모 자체에 입이 떡 벌어졌다. 건물 외부가 끝이 보이지 않을 정도로 큰 만큼, 플리마켓이 열리는 건물 내부서 전시동의 서 2홀 역시 무척 컸다. 입구로 들어서자 실내 규모는 물론이거니와 내부에 있던 인파에 압도되고 말았다. ㄱ 자 모양의 서 2홀은 방금 홈페이지를 검색해보니 긴 쪽이 135×45미터, 짧은 쪽이 45×45미터의 크기를 자랑하는데, 그런 공간에 사람들이 빽빽하게 들어차 있었던 것이다. 일본 출판 시장의 쇠락을 말하는 자는 도대체 누구인가, 혼잣말하며 일단 지정한 장소에서 아미타 나무 씨와 만났다. 그나마 사람이 조금 뜸한 홀 구석에서 15분쯤 아미타 씨와 짧은 대화를 주고받았다. 알고 보니 아미타 씨는 이따금 내 SNS 타임라인에 보이던 『천사에 대한 시론』을 쓴 작가였고, 평소 관심이 있는 책이었기에 그가 가방에 가지고 있던 몇 권의 『천사에 대한 시론』 중 하나를 바로 구입했다. 사인도 받았다. 둘 사이에 공통의 지인이 있다고는 해도 그전까지는 아무런 사전 정보도 없이 처음 만난 사이였기에 이야기를 오래 나누긴 어려웠다. 무엇보다 플리마켓에 온 목적을 완수해야 하지 않겠는가. 우리는 그 자리에서 헤어져 총 2578개의 부스가 있는 넓은 공간을 누볐다.

이후 두어 시간이 흘렀다. SNS를 통해 점찍어둔 20여 개 부스를 전부 돌았고, 그중 마음에 드는 책을 구입했으며, 지나가는 동안 눈에 띈 다른 부스들도 조금씩 구경했다. 중간에 아미타 씨에게 책 한 권만 추천해달라는 메시지를 보냈고 답을 받아 그 책도 구입했다. 플리마켓이 문을 닫는 5시까진 아직 한 시간쯤 남은 시점이었고, 여기서 나간다고 해도 숙소 외에는 마땅히 갈 곳이 없었기에 이제 어떻게 할까, 높고 넓은 공간, 수많은 사람 속에서 앞으로의 일정을 고민하고 있던 중이었다. 그때 두 번째 우연이 일어났다. 아미타 씨와 다시 만나게 된 것이다. 같은 공간에 있었으니 다시 우연히 만날 가능성이 없었던 건 아니지만, 폐쇄적인 공간이라곤 해도 엄청나게 넓었고 사람도 많았기에 스쳐 지나가도 못 보고 지나칠 확률이 높은 만큼 그 우연이 나로선 대단히 놀라웠고 반가웠다. 상대편도 그렇게 느끼는 것 같았다. 마침 잘됐다 싶어 아미타 씨에게 동행해도 괜찮겠느냐 요청했고, 아미타 씨는 흔쾌히 수락했다.

 이후 이어질 이야기는 쉽게 상상할 법하다. 5시가 다 되어 플리마켓 홀에서 나와 아미타 씨에게 저녁 술자리를 제안했고, 아미타 씨는 흔쾌히 그 제안을 받아들였다. (나중에 들었는데 아무리 지인 소개라고는 해도 자신은 처음 만난 사람과 당일 바로 술자리를 할 만큼 외향적인 성격은 아니라고 했다.) 이후 우리는 내 숙소가 있는 우에노역 근처 이자카야에 마주 앉아 약 세 시간 동안 많은 이야기를 나눴다. 알고 보니 아미타 씨는 나이는 물론이거니와 소설 취향에서부터 소설을 쓰기 시작한 계기나 작가로서의 이력 등 나와 흡사한 부분이 소름 돋을 만큼 많았다. 자연스레 이런 생각이 떠올랐다. 만약 내가 일본에서 태어나 결혼을 했다면 이렇게 살고 있겠구나. 그렇게 말했더니 아미타 씨 역시 팔뚝에 돋은 닭살을 내밀며 자신도 한국에서 태어나 결혼을 안 했다면 지금 나처럼 살겠다는 생각을 하고 있었다고 말했다. 끝나지 않았으면 했던 즐거운 술자리는 그럼에도 끝이 나야 했고, 나는 이튿날 저녁 비행기로 귀국했다.

세 번째 우연은 인천공항에서 지하철을 타고 집으로 가던 중 일어난다. 아미타 씨의 부모님은 사가현 사가시에 거주 중인데, 일주일 뒤 새로 지은 주택으로 이사를 갈 예정이었고 원래 살던 집은 그로부터 반년쯤 뒤 다른 사람이 살기로 돼 있었다. 전날 술자리에서 내가 집 때문에 고민이라고 한 이야기를 기억하고 있던 아미타 씨는, 이튿날 부모님께 연락해 이사 후에 원래 살던 집을 비워둘 예정이면 한두 달 정도 한국 친구가 에어비앤비 개념으로 그곳에 거주해도 괜찮겠냐고 물어봤다. 몇 시간 뒤, 전기나 수도, 가스 등 약간 번거로운 행정적인 일들만 처리하면 괜찮을 것 같다는 말을 들었고, 곧장 나에게 메시지를 보낸 것이었다. 내가 집을 구해야 할 타이밍에 아미타 씨의 부모님도 이사를 가는데 하필 원래 살던 집을 여섯 달 정도 비워둬야 하는 우연이 일어난 것이다.

더 고민할 것도 없었다. 더 이상 고민하고 싶지도 않았다. 어차피 반년쯤 후엔 다시 살 곳을 알아봐야 하지만 나중의 고민은 나중으로 미루기로 마음먹었다. 외국인으로서 아무 비자도 없이 일본에 연속으로 머물 수 있는 기간은 세 달이기에 그 전에 귀국했다가 다시 출국해야 하는 번거로움이 있지만 역시 나중의 번거로움은 나중으로 미루고 싶었다.

그날 밤, 집에 도착하자마자 에른스트에게 지난 1박 2일 동안 있었던 정말 믿기 어려운 연이은 우연들을 쏟아내다시피 말했다. 당분간 내가 갖고 있던 책을 보관해달라는 말도 덧붙였다.

"일본엔 언제 가게?" 에른스트가 물었다.

"이번 주 목요일이 너 이사잖아. 그때 맞춰서 가야지."

"그럼 당장 이틀 뒤에 나간다고?"

"한국에서 처리해야 할 일 있으면 하루이틀 정도 게스트하우스에서 있을 수도 있겠고."

"어쨌든 이번 주엔 출국하겠네. 일이 그렇게 풀리기도 하는구나. 진짜 신기하다. 현실에서 일어나는 일이 더 소설 같을 때가 있다니까."

네가 나한테 말해준 멀티버스 이야기와 비교하면 별로 신기할 것도 없고 더 소설 같지도 않지만. 나는 속으로만 생각했다.

두 시간 가까이 정신을 잃고 쓰러졌던 그날 밤 이후, 에른스트가 자신이 멀티버스 탐정으로서 어떤 능력이 있고 그 능력으로 어떤 일을 해왔는지 술술 이야기하던 그날 밤 이후, 정확하게는 내가 에른스트의 말을 전적으로 믿고 그 믿음을 바탕으로 소설을 쓴 이후, 어쩌면 에른스트는 자신의 말대로 자기가 갖고 있던 멀티버스 탐정의 능력을 잃어버렸는지도 모른다.

"에른스트, 넌 네 직업이 뭔지 알제?"

"탐정이잖아. 뜬금없이 뭘 그런 걸 물어봐."

"탐정 일은 계속 잘하고 있나?"

"이사 준비도 같이 하느라 한동안 정신이 없었는데 지금은 좀 여유를 찾았지."

"너한테 있던 능력은?"

"능력? 무슨 능력?"

"이를테면 다른 멀티버스 세계를 볼 수 있는 능력이라든지."

"멀티버스? 무슨 소리야 그게?"

"아니다, 됐다."

"갑자기 엉뚱한 소리를 하고 있네."

"믿기지 않은 우연이 연달아 겹치다 보니 터무니없는 상상을 했나 보네."

"너도 얼른 정신 차리고 여자 만나야지. 연애해야지."

나는 에른스트의 얼굴을 빤히 바라보다가 말했다.

"니 어디 아픈 거 아니제?"

"이사 준비하느라 머리가 좀 아프긴 아프네."

"다른 덴?"

"무슨 소리 하려고 이렇게 밑밥을 까시나."

"평소 연애 같은 건 입에 올린 적도 없는 사람이 갑자기 이런 소리를 하니까 어디 아픈가 해서."

"나도 이제 슬슬 남자 만나야지. 나이도 있고."

"설마 그것 때문에 이사하는 거가?"

"그것도 이유 중 하나라고 볼 수 있지. 언제까지 외간 남자랑 같이 살 수도 없으니."

그 이야기를 듣자 어쩌면 내 눈앞에 있는 에른스트는 원래 내가 있던 세계의 에른스트와는 조금 다른 에른스트인지도 모르겠다는 생각이 들었다.

"이사 잘하고, 너도 좋은 남자 만나고."

"고마워. 너도 일본에서 잘 살고, 아프지 말고."

이튿날 밤, 갑작스러운 계엄 사태에 일본에 못 가는 건 아닌지 마음을 졸이며 국회 상황을 라이브로 지켜보았다. 다행히 자정을 넘긴 새벽에 계엄이 해제되었다.

수요일, 병원과 약국에 들러 필요한 약들을 구매했고, 대형 캐리어 두 개와 백팩에 꼭 필요한 짐을 차례차례 담았다.

목요일, 에른스트와 함께 10개월 가까이 지낸 집에서 나와 인천공항으로 향했다.

일본의 거대 쇼핑몰 푸드코트 창가 좌석에 앉아 귓가로

흘러들어오는 일본어를 흘려들으며 창밖 일본 소도시 외곽의 풍경을 바라보며 소설의 마지막 챕터를 쓰다 보니 이런 생각이 떠올랐다.

작년 연말부터 사가시에서 지내고 있는 건, 어쩌면 소설에 쓴 타로카드 내용이 현실에 영향을 미쳤기 때문인지도 모른다. 당시 우연히 들른 점집에서는 지금 이곳이 아닌 다른 곳에서 사는 편이 좋다는 식으로 말했다. 쵸이쵸이 역시 내가 지금까지 생각해본 적 없는 곳에서 살게 될 것이라고 말했다. 이 말을 곧이곧대로 해석하면 그들이 말한 장소란 지금 내가 거주하고 있는 사가시를 뜻하는지도 모른다. 하지만 멀티버스의 차원에서 생각하면, 그날 밤 에른스트의 말처럼 내가 원래 살던 세계가 아닌, 그날 데이트를 했던 허아름이란 존재가 완전히 사라진 멀티버스 세계를 뜻하는지도 모른다. 지금 이곳이 아닌 다른 곳, 내가 생각해본 적 없는 곳. 하나하나 따지고 들면 조금 변한 것 같기도 하지만 실질적으로는 크게 변하지 않은 곳.

여기서 하나의 이야기가 끝이 날 것이다.

그리고 조만간 새로운 이야기가 태어날 것이다.

이렇게 소설을 마무리하고 퇴고를 한 뒤 편집부에 원고 파일을 보내려고 했다. 하지만 이대로 소설을 끝내면 안 된다는 듯 현실은 나에게 소설의 결말에 더 어울리는 새로운 에피소드를 만들어주었다.

그날 밤, 한 달쯤 전부터 맞팔하고 있는 SNS 친구에게 메시지가 왔다. 최근에 내 단편집 『픽션으로부터 멀리, 낮으로부터 더 멀리』를 구입해서 봤는데 너무 좋았다는 내용이 담겨 있었다. 재밌게 읽어줘서 고맙다고 메시지를 보내자 곧바로 답장이 왔다. 사실은 『그해 여름 필립 로커웨이에게 일어난 소설 같은 일』도 읽었다며, 정말 아름답고 슬픈, 제목 그대로 '소설 같은 소설'이라고 하더니 마리아 히토미가 일본에서 어떤 일을 겪을지, 어떤 감정의 변화를 겪을지 궁금해졌다고 덧붙였다.

그 메시지를 읽는 순간 기시감이 느껴졌다. 분명 예전에 누군가에게 들었던 말이 똑같이 반복되는 것 같다는 생각이 들었다. 나는 그 누군가의 이름을 쉽게 떠올렸고, 상대방에게 실례지만 성함이 어떻게 되는지 물어봤다. 상대방은 갑자기 왜 그런 걸 물어보냐며 웃었다. 아는 사람인 것 같아서 물었다고 하니 자신이 나를 모르니까 나 역시 자신을 모르는 게 확실하다는 답이 돌아왔다. 그 말을 듣자 소설가가 SNS를 통해 할 수 있는 싸구려 플러팅 멘트로 받아들일 수 있겠다는 생각이 들었다. 갑자기 사적인 걸 물어봐서 죄송하다고 사과하자 상대방은 사과할 일까지는 아니라고 답했다. 한동안 메시지가 오지 않아 이걸로 대화는 끝났다고 생각했는데, 잠시 후 상대방이 자신의 이름을 말해주었다.

─안녕하세요. 허아름이라고 합니다. 아는 사람 아니죠? ㅎㅎㅎ

메시지에는 내가 예상했던 바로 그 이름이 적혀 있었다. 나는 아는데, 상대방은 나를 모른다. 어쩌면 이 세계의 허아름은 박대겸과 오늘 처음 소통하는지도 모른다.

─저는 박대겸입니다. 오늘부터 아는 사람 하면 되겠네요. ㅎㅎㅎ

그렇게 메시지를 보내는 순간 이런 예감이 떠올랐다. 예정보다 이르게 한국으로 돌아갈지도 모르겠다.

아마 그렇게 될 것이다.

추천의 글 　　　　**신동화(번역가)**

　에세이 같은 픽션을 콘셉트로 기획하고 집필한 소설인 만큼 추천사도 에세이 형식으로 쓰겠다. 나는 소설가 박대겸과 우이천 변의 아파트에서 동거 생활을 한 적이 있다. 2024년 2월 26일부터 11월 7일까지라고, 핸드폰 메모장에 기록해두었다. 그리고 올해 6월에 박대겸 작가가 전화를 걸어와 새로 나올 소설의 추천사를 부탁했을 때, 드디어 올 것이 왔구나 싶었다. 예전에 함께 지내는 동안, 우이천을 배경으로 에른스트라는 인물과 둘리가 나오는 소설을 쓰고 있다는 이야기를 들었고 한참 까맣게 잊고 있었는데 이제 그 글이 책으로 나오는 것이었다. 나는 별 고민 없이 승낙하고 원고 파일을 받아 읽기 시작했다. 버스와 지하철 안에서 읽었는데 군데군데 익숙한 장면과 대사와 에피소드와 마주칠 때마다 웃음이 새어 나오는 걸 참기 어려웠다. 원고를 다 읽고 나서 이런 생각이 들었다. 아니, 한때 수없이 본 광경이 떠올랐다. 그것은 거실 가운데에 있는 직사각형 목재 테이블에서 노트북 앞에 앉아 글을 쓰고 있는 박대겸의 모습이다. 부산, 서울, 일본, 어느 곳에 있든, 평행우주 속 어느 세계에서든, 박대겸은 계속해서 그 모습 그대로 글을 쓸 것이라 확신한다. 작가 유디트 헤르만의 에세이에는 이런 말이 나온다. "이 얼마나 지칠 줄 모르는 세밀한 작업인지, 모든 걸 어찌나 능란한 솜씨로 낯설게 하고, 일그러뜨린 나머지 결국 더 이상 맞는 게 하나도 없지만 모든 게 진실하군요." 여기 박대겸 작가가 현실의 재료를 알뜰살뜰히 가공해 만든 이 소설이 진실하다는 것을 나는 보증할 수 있다.

추천의 글　　　　박인성(문학평론가)

　박대겸의 소설 『모든 세계가 하나였다』는 말 그대로 '선넘는' 이야기다. "메타픽션은 안 됩니다"라고 말한 선배 소설가의 조언을 가볍게 건너뛰어, 자전적 에세이조차도 메타픽션으로 다시 쓰는 시도는 작가의 뇌절마저 문학으로 승화한다. 패치워크(patchwork) 스타일로 기워진 복잡한 옷감처럼, 이 소설은 삶과 허구, 픽션과 메타픽션의 원단 조각을 과감하게 짜맞춘다. 물론 누군가의 눈에는 그저 넝마로 보일 수도 있는 이야기가, 누군가에게는 섬세한 조각 맞추기 유희처럼 보일 수 있는 이유다. 심지어 박대겸은 글 쓰는 자로서의 자기 정체성을 구심점으로 이 패치워크 원단을 한층 더 비틀어 소용돌이처럼 회전시키고 있다.

그러한 혼돈의 소용돌이 속에서 때로는 경쾌하게 때로는 뻔뻔하게 유머를 구사할 줄 아는 것이 박대겸이라는 작가의 미덕이다. 여기서 일본 서브컬처의 맥락까지 이어본다면, 『모든 세계가 하나였다』는 곤 사토시와 마이조 오타로의 문학적 유전자를 이어받은 박대겸 소설의 자기 고백처럼 들리기도 한다. 그러나 결국 박대겸은 그 누구도 아닌 박대겸이며, 박대겸에 박대겸을 더해도 결국엔 박대겸이 되는 셈이다. 어쩌면 지나칠 정도로 에고이스트적인 이 세계가 나는 그리 싫지 않은 것 같다.

모든 세계가 하나였다

초판 1쇄 발행 2025년 8월 20일

지은이 박대겸
펴낸이 허정도
편집장 박윤희
책임편집 김정은   **디자인** 서윤하
마케팅 신대섭 김수연 배태욱 김하은 이영조   **제작** 조화연

펴낸곳 주식회사 교보문고
등록 제406-2008-000090호(2008년 12월 5일)
주소 경기도 파주시 문발로 249 (10881)
전화 대표전화 1544-1900   주문 02)3156-3665   팩스 0502)987-5725
ISBN 979-11-7061-294-0 (03810)

- 책값은 표지에 있습니다.
- 이 책의 내용에 대한 재사용은 저작권자와 교보문고의 서면 동의를 받아야 가능합니다.
- 잘못된 책은 구입하신 곳에서 바꾸어 드립니다
- '북다'는 문학을 기반으로 다양하게 변주된 책들을 선보이는 종합 출판 브랜드입니다.